文春文庫

失《しつ》意《い》ノ方《かた》

居眠り磐音（四十七）決定版

佐伯泰英

文藝春秋

目次

「居眠り磐音」

主な登場人物

坂崎《さかざき》磐音《いわね》

元豊後関前藩士の浪人。直心影流の達人。師である養父・佐々木玲圓の死後、江戸郊外の小梅村に尚武館坂崎道場を再興した。

おこん

磐音の妻。磐音が暮らした長屋の大家・金兵衛の娘。今津屋の奥向き女中だった。磐音の嫡男・空也《くうや》と娘の睦月《むつき》を生す。

今津屋吉右衛門《いまづやきちえもん》

両国西広小路の両替商の主人。お佐紀《さき》と再婚、一太郎らが生まれた。

由蔵《よしぞう》

今津屋の老分番頭。

佐々木玲圓《ささきれいえん》

磐音の義父。内儀のおえいとともに自裁。

速水左近《はやみさこん》

幕府奏者番。佐々木玲圓の剣友。おこんの養父。

松平辰平《まつだいらたつぺい》

佐々木道場からの住み込み門弟。父は旗本・松平喜内《きない》。

重富利次郎《しげとみとしじろう》

佐々木道場からの住み込み門弟。土佐高知藩山内家の家臣。

霧子《きりこ》　雑賀衆の女忍び。尚武館道場に身を寄せる。

弥助《やすけ》　磐音に仕える密偵。元公儀御庭番衆。

小田平助《おだへいすけ》　槍折れの達人。尚武館道場の客分として長屋に住む。

品川柳次郎《しながわりゅうじろう》　北割下水の拝領屋敷に住む貧乏御家人。母は幾代《いくよ》。お有《ゆう》を妻に迎えた。

竹村武左衛門《たけむらぶざえもん》　陸奥磐城平藩下屋敷の門番。妻は勢津《せつ》。早苗など四人の子がいる。

笹塚孫一《ささづかまごいち》　南町奉行所の年番方与力。

木下一郎太《きのしたいちろうた》　南町奉行所の定廻り同心。

北尾重政《きたおしげまさ》　絵師。版元の蔦屋重三郎《つたやじゅうざぶろう》と組み、白鶴を描いて評判に。

徳川家基《とくがわいえもと》　将軍家の世嗣。西の丸の主。十八歳で死去。

小林奈緒《こばやしなお》　磐音の幼馴染みで許婚《いいなずけ》だった。小林家廃絶後、江戸・吉原で花魁《おいらん》・白鶴《はっかく》となる。前田屋内蔵助に落籍され、山形へと旅立った。

坂崎正睦《さかざきまさよし》　磐音の実父。豊後関前藩の藩主福坂実高《ふくさかさねたか》のもと、国家老を務める。

田沼意次《たぬまおきつぐ》　幕府老中。嫡男・意知《おきとも》は若年寄を務めた。

『居眠り磐音』江戸地図

新吉原
尚武館坂崎道場
山谷堀
東叡山 寛永寺
竹屋ノ渡し
向島
浅草
待乳山
聖天社
忍ケ岡
上野
下谷東坂町
三囲稲荷
浅草寺
花川戸町
今戸橋
不忍池
下谷広小路
田原町
常泉寺
小梅村
新寺町通り
新堀川
源森川
安藤家
下屋敷
吾妻橋
業平橋
御厩河岸ノ渡し
品川家
十間川
首尾の松
北割下水
今津屋
吉岡町
本所
法恩寺橋
和泉橋
天神橋
新シ橋
浅草御門
柳原土手
石原橋
両国橋
南割下水
横川
入江町
金的銀的
小伝馬町
回向院
竪川
松井橋
薬研堀
大川
浮世小路
鰻処宮戸川
六間堀
若狭屋
魚河岸
猿子橋
新高橋
日本橋川
鎧河岸
新大橋
小名木川
日本橋
万年橋
霊巌寺
砂村新田
鎧ノ渡し
深川
永久橋
金兵衛長屋
亀島橋
楓川
霊岸島
佐賀町
八丁堀
永代橋
仙台堀
永代寺
鉄砲洲
富岡八幡宮
越中島
堺橋
佃島

護国寺
面影橋
小石川
伝通院
中山道
日光御成街道
本郷
下谷茅町
石切橋
牛込
豊後関前藩上屋敷
湯島天神
水道橋
神田川
神田明神
牛込御門
稲荷小路
表猿楽町
元尚武館佐々木道場
駿河台
昌平橋
筋違橋御門
田安御門
神保小路
市谷八幡宮
九段坂
俎橋
雉子橋
内藤新宿
四谷大木戸
市谷御門
一橋御門
千鳥ヶ淵
鎌倉河岸
善国寺谷通
麹町
江戸城
本丸
神田橋
四谷
四谷御門
大手御門
半蔵御門
一石橋
道灌堀
西の丸
紀尾井坂
平川天満宮
和田倉御門
呉服町
赤坂御門
馬場先御門
鍛冶橋御門
南町奉行所
京橋
清水谷
溜池
数寄屋橋御門
三十間堀川
氷川明神
木挽橋
原宿
愛宕権現
芝口橋
木挽町
長谷寺
宝泉寺
麻布村
麻布広尾町
増上寺
芝
赤羽橋

本書は『居眠り磐音　江戸双紙　失意ノ方』（二〇一四年十二月　双葉文庫刊）
に著者が加筆修正した「決定版」です。

編集協力　澤島優子
地図制作　木村弥世

失意ノ方

居眠り磐音（四十七）決定版

第一章　弥助の出自

一

松浦弥助《まつうらやすけ》は、わが子同然の藪之助《やぶのすけ》の遺髪《いはつ》を懐《ふところ》に抱いて、東海道をゆっくりと上《のぼ》っていこうとしていた。

宿場では、山門を見かければ宗派を限らず本堂に向かい、藪之助の霊を回向《えこう》した。

急ぐ旅ではない。わが手にかけた藪之助の供養旅だ。

弥助と藪之助がかつて所属した公儀《こうぎ》御庭番衆吹上組《おにわばんしゆうふきあげぐみ》は、紀伊《きい》藩主徳川吉宗《よしむね》が将軍位に就《つ》いた享保《きようほう》元年（一七一六）、紀伊藩の薬込役《くすりごめやく》十六人を将軍直属の隠密御《おんみつ》用としたことに始まった。これら十六人は、御休息御庭締戸番《おきゆうそくおにわしめどばん》と伊賀庭番《いがにわばん》に区別された。

伊賀庭番には、紀伊藩で馬口之者《うまくちのもの》を務めていた川村新六《かわむらしんろく》が新たに起用されて、薬込役十六人に加わり、十七家が、

「御庭番家筋《おにわばんいえすじ》」

と呼ばれてきた。

伊賀庭番の総頭川村小平《こへい》の組下、吹上組と称される左旻蔵《ひだりぶんぞう》親方所属に、藪之助の父親與造《よぞう》も弥助もいた。

ある年、與造は薩摩《さつま》領に潜入して行方を絶った。幕府の影御用を務める伊賀者にとって、御用の途次に行方を絶つのは珍しいことではなかった。與造が音信を絶って歳月が過ぎていく間、弥助は與造の子、藪之助の父親代わりになって、伊賀者の心得と技をすべて伝授してきた。

いわば藪之助は、弥助の、

「弟子」

であり、

「倅《せがれ》」

同然であった。

江戸城中を揺るがした新番士《しんばんし》佐野善左衛門政言《さのぜんざえもんまさこと》による若年寄田沼意知《たぬまおきとも》への刃傷《にんじょう》騒ぎの最中、城中に潜入していた弥助は見事に役目を果たした。

佐野善左衛門が田沼意知に斬《き》りかかった折りに用いた粟田口一竿子忠綱《あわたぐちいっかんしただつな》と佐野家の刀簞笥《かたなだんす》から密《ひそ》かに持ち出したなまくら刀をすり替え、佐野の刃傷沙汰《ざた》が陸奥《むつ》白河《しらかわ》藩主松平定信《まつだいらさだのぶ》に及ぶことを阻止したのだ。

だが、その弥助の務めの前に独り立ちはだかった者がいた。

それが、わが子同然の藪之助だった。

その折り藪之助は、城中への潜入者を弥助と見破り、

「親父と同じ運命を辿《たど》ったと考えておった」

と哀《かな》しげな声で詰《なじ》ったのだった。

かつて御用の最中に行方を絶った弥助を、父親と同じく公儀御庭番衆吹上組としてではなく、伊賀者としての命《めい》に殉じたと考えていたのか。

だが弥助は、坂崎磐音《さかざきいわね》の命で城中に侵入していた。

薩摩に潜入し任務の途中に行方を絶った輿造のあとを継いだ藪之助と、伊賀庭番から密かに抜けて坂崎磐音の旗下に加わった弥助は、異なった道を選んだゆえに、このとき刃を交えることとなった。

影の者同士の戦いは、だれにも知られることなく城中の床下、闇《やみ》の中で行われ、一日《いちじつ》の長があった弥助が生き残った。

弥助に務めを果たしたことを悔いる気持ちはなかった。務めとは非情冷酷なものだ。だが一方で、わが子同然の藪之助の命を絶ったことへの罪の意識を、哀しみを負っていた。

佐野善左衛門の刃傷が因《もと》で田沼意知が身罷《みまか》ったあと、弥助は藪之助の遺髪を抱いて、

「供養旅」

に出た。

紀伊藩に関わりがあった伊賀者の故郷を訪ね、與造と藪之助父子の回向をなし、伊賀者の先祖の地に戻そうと考えたのだ。

弥助の回向は江戸を出たときから始まっていた。

高輪泉岳寺《たかなわせんがくじ》、北品川東海寺《きたしながわとうかいじ》、六郷《ろくごう》の渡しを越えて神奈川本覺寺《かながわほんがくじ》と、宿場で見かけた寺に参り、宗派に拘《かか》わらず両手を合わせて、

「南無大師遍照金剛《なむだいしへんじようこんごう》」

と念仏を唱《とな》えてきた。同時に、爺様や亡き父に教え込まれてきた、

「伊賀者の心得」

を思い出し、その教えに、

（おのれは忠実に生きておるか）

と問うてきた。

懐には藪之助の遺髪があった。そのような身の己に嘘《うそ》がつけるわけもない。弥助にとって自らの生き方と対峙《たいじ》する苦難の供養旅になった。

伊賀者は、

「金銭による契約」

をなによりも大事にし、優先させた影の者であった。

伊賀とは山一つ隔てた村を父祖の地とした甲賀者《こうがもの》が、ただ一人の主君に忠義を尽くすのに対し、伊賀者は、雇い主が敵対した者であれ、そちらの側にも配下の者を出すという例もしばしば見受けられた。

金を稼ぐための方便、方策だ。忠義心では腹は膨《ふく》らまない。一族が生き延びるためには食いものを買う金銭が要《い》った。その考えを正直に貫き通したのが伊賀者だった。それほど伊賀の村での暮らしは厳しかった。

融通無碍《ゆうずうむげ》ともいえる考え方の背後には、たとえ仲間であろうとも処断する過酷な精神と覚悟が求められた。だが、藪之助との戦いは、伊賀者の仕来《しきた》りに従ったものではなかった。

弥助の祖父は幼い弥助に、

「伊賀者が覚悟を定める折り、もとになるべき考えは四文字じゃぞ、弥助」

「じい様、四文字とはなんじゃ」

「おお、七つの弥助にはなかなか覚えきれまい。じゃが頭に叩き込め。『抜忍成敗《ばつにんせいばい》』が伊賀者の生き方と死に方を決するのじゃ」

「ばつにんせいばい、か」

「おお、抜忍成敗じゃ。その四文字が弥助、そなたの死の折り、真の伊賀者であったかどうかを決する」

己は『抜忍成敗』の考えに反して生きてきたのではないか。『抜忍成敗』とは、いかなる理由であれ、仲間への裏切りも伊賀者の身から抜けることも認めないという厳しい、

「掟《おきて》」

であった。

だが同時に、金銭の契約を優先する伊賀者の生き方と相反するため、しばしば

混乱させる因ともなった。敵対する者の双方に伊賀者を派遣し、金銭を稼ぐ考え方と『抜忍成敗』の掟は矛盾《むじゅん》を生じさせたからだ。

独りになった弥助が己に問い続けてきたのは、

「己は伊賀者として落伍者《らくごしゃ》か」

ということであった。

伊賀庭番の務めを果たす最中に出会った若き武芸者坂崎磐音の心根と覚悟に、弥助は惹《ひ》かれた。やがて、ともに生きる道を選んだ。それは伊賀者の生き方以上に厳しい戦いであった。だが、伊賀者には、まして一役人と化した公儀御庭番衆吹上組にはありえないひたむきな生き方が、暮らしが感じられた。

坂崎磐音のもとでは、剣術修行がすべての基《もとい》になった。金銭でも形ばかりの忠義でもなく、ひたすら剣を極めることを第一義とした。

弥助にとって御庭番衆吹上組時代には感じられなかった明快さと充足があった。だがこの考えは、藪之助との対決に及んで、揺らいだ。

藪之助の闇に光る眼に、

（弥助は裏切り者じゃ）

という非難があったからだ。同時に藪之助はすべてを承知して弥助との戦いに

及んだと考えられた。断末魔《だんまつま》の中で藪之助は、

「親父が行《こう》をともにするのは、尚武館《しょうぶかん》の主《あるじ》か」

と尋ねたのだ。また、

「西の丸家基《いえもと》様の仇を討つためか」

など坂崎磐音を承知している問いをいくつか発した。

弥助もその問いに応《こた》えた。藪之助の最後の言葉は、

「お、親父、た、田沼意次《おきつぐ》様は……」

と途中で終わり、息絶えた。

藪之助は親父と呼ぶ弥助になにを伝えたかったのか。

弥助の脳裏に、『抜忍成敗』の四文字が浮かんだ。伊賀者の故郷の伊賀に藪之助の遺髪を葬るのは、藪之助の供養のためではないのではないか。己の生き方を問う旅なのではないか。

東海道小田《おだ》原《わら》を前に酒匂川《さかわがわ》を渡ったとき、弥助は、

「死」

に拘《こだわ》る己が大きな間違いを犯しているのではないかと気付いた。

未だ老中田沼意次は絶大な権力を握り、手放してはいない。そんな折り、己は

のんびりと藪之助の供養旅をしている。

小梅村に戻るべきか。

だが、ただ今の小梅村には、田沼意次の手勢が襲いかかったとしても、それを防ぐだけの門弟衆がいた。弥助一人がいなくても大勢に影響はない。磐音も弥助の行動は察してくれていると思っていた。

ただ今、己にできることは藪之助の供養だけか。

（やはりあのこと）

弥助の頭に一つの思いが浮かんだ。

（わしの手助けを待っている方がおられる）

小田原城下の江戸《えど》口《ぐち》見附《みつけ》が見えてきた。

弥助はこの夜小田原に泊まるつもりで旅をしてきた。だが、脳裏に浮かんだ思いが、伊賀への旅を急がせた。伊賀者にだらだら歩きは似合わない。

（よし）

いきなり弥助は、早飛脚《はやびきやく》のように走り出した。

小田原城下を抜けて箱根《はこね》山中に入るとしたら、箱根宿に着くのは夜半になるだろう。むろん箱根の関所は閉じられている。関所は、

「明け六つ（午前六時）御門開、暮れ六つ（午後六時）御門閉」

とだれもが知る決まり事だ。

弥助は委細かまわず走り出した。関所が閉まっていれば、抜け道を通るまでだ。

伊賀庭番ならば、箱根関所を、

「除《よ》け山越《やまごえ》」

いわゆる関所破りをする方策は承知していた。

弥助はそれまでののんびりとした歩みを一変させた。

ひたすら走り、疲れたら街道の地蔵堂《じぞうどう》や杣小屋《そまごや》に入り込み、わずかな刻《とき》、仮眠した。そして、日に二度、朝と夕べに飯屋で一汁一菜と飯を掻《か》き込むように食してまた走り出した。

弥助は小田原から東海道関宿《せきじゆく》までおよそ八十五里余を五日で走り抜け、さらにその翌日には伊賀城下外れの泉下寺《せんげじ》にいた。伊賀衆には代々、

「われら伊賀衆は路傍《ろぼう》に野垂れ死にしようとも、その骸《むくろ》が雨露に打たれて掻き消えても、魂は伊賀泉下寺に還《かえ》りつく」

との言い伝えがあった。

本堂に通された弥助は、この泉下寺の甲子《かつし》和尚《おしよう》に願って藪之助の遺髪を差し出

し、供養を乞《こ》うた。

「そなた、江戸から見えられたか」

眼光鋭い老僧が弥助の身許《みもと》を質《ただ》した。

「いかにも江戸から参りました」

「そなたの先祖は伊賀の出じゃな」

「朝屋《ちょうや》の里《さと》の弥次郎兵衛《やじろべえ》がわが先祖にございます」

「朝屋の弥次郎兵衛様がご先祖か。して、この遺髪の主は」

「木津川《きづがわ》の出、この者の父親は與造と申し、御用の途中に行方を絶ちました」

「となると、この遺髪は藪之助か」

「老師は藪之助をご承知か」

「いや、知らぬ。十数年も前か、親父様が西国入りする折りに立ち寄り、先祖の供養を済ませて西国に発《た》たれたでな、倅の名は知っておる。與造さんは、薩摩から戻らなかったか」

弥助は頷《うなず》いた。

「與造さんの倅も御用に斃《たお》れたか」

「いかにもさようにございます」

るかな」

「伊賀者が遺髪を手に、当寺に仲間の供養に来るのは珍しい。なんぞわけがござるかな」

弥助はしばし黙したあと、

「それがしが、倅同然の藪之助を手にかけました」

と告げた。

「ほう、藪之助は伊賀者の掟『抜忍成敗』を犯したか」

「いえ、『抜忍成敗』を犯したのはこの弥助にございます」

「な、なんとな。事情を聞かねばそなたの願いは受けられぬぞ」

「老師、お話しします」

弥助はすべてを語った。

話の途中で和尚が、酒の仕度を小僧にさせた。

その厚意を受けた弥助は、ちびちびと酒を舐《な》めるように飲みながら、田沼意知が佐野善左衛門に襲われた折り、城中に潜入し、何年かぶりに藪之助に遭遇したことなどを語った。

話を聞き終えたあと、老師が尋ねた。

「そなたが伊賀庭番を抜けたのは、坂崎磐音と申される御仁の人柄に惚《ほ》れたからというわけじゃな」

「老師、坂崎磐音様の名を承知ですか」

弥助は、藪之助のことを語るに際して、ある人のために公儀御庭番衆吹上組を抜けた経緯を話した。だが、ある人が坂崎磐音とは一切口にしていない。にも拘《かかわ》らず老師は磐音の名を承知していた。

「この御仁とご妻女は、田沼意次様を避けて江戸を離れ、高野山《こうやさん》の内八葉外八葉《ないのはちようげのはちよう》、雑賀衆《さいかしゆう》の郷《さと》に何年か暮らしておられたな」

「その折り、私も同道しておりました」

頷いた老師が、

「紀伊、伊賀領は国境を接し、伊賀衆、甲賀衆、柘植衆《つげ》、雑賀衆はほぼ同じ山奥に暮らしてきたのだ。雑賀衆の噂《うわさ》もこの寺に届く。坂崎磐音が西の丸家基様の剣術指南であったことも、直心影流《じきしんかげ》佐々木玲圓《ささきれいえん》の後継であることも、雑賀衆の隠れ里で田沼一派との戦いがあったことも承知しておる」

と応じた老師が、

「今宵《こよい》、当寺に泊まられよ」

「藪之助の供養、願えますか」

頷いた甲子老師が藪之助の遺髪を阿弥陀如来《あみだにょらい》の前に捧げおくと、経を読んでくれた。

弥助は読経《どきょう》を聞きながら、親父の與造と藪之助の黄泉《よみ》での再会を願った。

読経を終えた甲子老師が、

「與造さんと藪之助の霊をいくぶんなりとも慰められればよいがな、坊主の力など知れておる。まあ、二人の供養は任せなされ」

と請《う》け合った。

弥助は用意してきた二両を入れた紙包みを、

「永代供養には足りますまいが」

と断って差し出した。

「弥助さん、この足で江戸に戻られるか」

「老中田沼様がご健在ゆえ、江戸でなにが起こっても不思議ではございません。されど私め、他にすべきことがございます。明朝にはそちらに向かうつもりです」

「弥助さん、それは人を殺《あや》める仕事か、はたまた人を活《い》かす務めかな」

「人を活かす務めにございます」

弥助ははっきりと言い切った。

「倅同然の藪之助を手にかけたは、坂崎磐音の命を遂行するに差し障《さわ》りがあったゆえ、致し方なき仕儀《しぎ》と思える。藪之助の死がどなたかの命を助けたとするならば、そなたが伊賀者の教えに背《そむ》き、『抜忍成敗』を犯したとは言い切れまい。時に世間では割り切れぬことが、条理に反したことが起こる。それも衆生《しゅじょう》に課せられた務めとは思わぬか」

「条理に反したこととはなんでございますな」

「藪之助は、伊賀庭番の本意に従った。そなたは坂崎磐音の大義に従った。本意と大義、本来ならばぶつかりあう要はあるまい。それがどうじゃ、片方が死に、片方が生き残った。非情な話ではないか、訝《いぶか》しいではないか」

弥助は黙って聞くしかなかった。

「生き残ったそなたがこうして、死んだ者の供養に見えられた。世の理《ことわり》は、時に釈然とせぬことを生む」

甲子老師の言葉をただ弥助は黙って聞いていた。

この夜、弥助は久しぶりに風呂を貰《もら》い、夕餉《ゆうげ》を馳走《ちそう》になって床に足を伸ばして熟睡した。

夢を見た。

與造と藪之助が二人で現れ、

(弥助、歳《とし》を考えよ、無理をするでない)

と與造が言った。

(與造、すまぬことじゃった)

(謝って済むことではないわ。だが弥助、われら伊賀者は、血で血を洗うて身内を、一族を生かしてきたのじゃ。おぬしと藪之助の戦いもさような中で起きたこと、藪之助の腕が未熟であったということよ)

(藪之助に伊賀者の心得と技を教えたのはわしじゃ)

(ならば、おぬしが未熟であったということよ。今しばらくわが子を殺めた罪科《つみとが》に苦しみ、悩んで生きよ)

かたわらに佇《たたず》む藪之助は一言も語らなかったが、その顔には穏やかな笑みが浮かんでいた。

二

小梅村には静かな明け暮れが戻っていた。

直心影流尚武館坂崎道場の日々は、一見淡々として過ぎていた。だが、静けさの中に張りつめた緊迫感があった。

そんな中、通いの門弟衆は小梅村の稽古《けいこ》を遠慮していた。道場主の磐音が、

「田沼意知様の喪《も》が明けるまで、しばし各々《おのおの》が屋敷で稽古をなされよ。かような折りに新たな騒ぎを生じさせてはなりませぬ」

と通いの門弟衆に言い聞かせ、しばし通い稽古を休ませたのだ。むろん本意は他にあった。この通い稽古の一時中止は、磐音と尚武館の後見ともいえる速水左近《はやみさこん》との相談で決めたことだ。

その本意の一つは、田沼意次からの反撃が通い門弟に及ぶことへの用心であった。

そしてもう一つ、こちらのほうがより注意しなければならぬことだったが、城中が平静を取り戻していないことであった。

城中では老中田沼体制の継続が家治《いえはる》の命で決まっていた。ゆえに、重苦しいほどの沈黙が城中を支配していた。その一方で、城外、世間の風向きは、

「反田沼」

の気運が荒々しさを増していた。

この世間の風は、一見城中の政《まつりごと》や人事に関わりがないように見えつつも、時に微妙に影響した。その世間の風に祭り上げられたのが、

「世直し大明神」

と崇《あが》められ始めた佐野善左衛門であり、その佐野が起こした刃傷沙汰に対する評価であった。刃傷騒ぎのあと、一時《いっとき》だが、米の価格が下がったこともあり、

「佐野様の覚悟が田沼父子に鉄槌《てっつい》を下した」

として、未だ墓所の浅草徳本寺《とくほんじ》には香華《こうげ》を手向《たむ》ける人が絶えないという。

田沼意次の内心を慮《おもんぱか》って動けない幕閣、新たな変化を求める世間、この不安定な状況が解消されるまで通い門弟の稽古を中止したのだ。

意知の死が世間に公表されたのは、

「四月二日」

のことだった。三月二十四日の騒ぎからその死が公にされる四月二日まで、意知の怪我《けが》の具合や死の事実は伏されたままだった。幕閣のだれ一人として老中田沼意次に意見を具申《ぐしん》する者がいなかった。

それはそうであろう。若年寄田沼意知が城中で佐野によって刺殺されようとし

た折り、その場に居合わせた幕閣の大半が、

「見て見ぬふり」

で傍観したのだ。

刃傷を止め立てしなかった理由がなんであれ、この見過ごしは幕閣の機能と思考を停止させ、それぞれが保身に走って幕府は無力化していた。

声が聞こえてこない家治、無言を続ける田沼意次を、無力な幕閣らも世間も固《かた》唾《ず》を呑《の》んで見守っていた。

四月二日、意知の死が公表されたことで佐野善左衛門の切腹が決まった。長々と対応を検討してきた評定所《ひょうじょうしょ》は、佐野善左衛門の刃傷の因を、

「乱心」

として処理することにした。こうすることが幕府内の打撃を最小限にとどめ、事が穏便《おんびん》に運ぶと判断したのだ。

その間、老中田沼意次は何事もなかったかのように登城し、刻限がくれば下城していた。この行動が意味するものはなにか、だれにも察せられなかった。意次の真意が分からなかったのだ。

世間では、絶大な権力を誇った老中田沼意次の凋落《ちょうらく》の前兆と考える者もいた。

また一方、倅を失った田沼意次が反撃を静かに進めていると推量する者もいた。城中のだれもが家治と意次の一挙一動を見守っていた。

江戸城内外の押し殺された日々をよそに、対岸の小梅村では、道場主坂崎磐音を中心に住み込み門弟だけの稽古は続けられていた。通いをやめて住み込み門弟と称し、稽古をなす者がいた。速水左近の倅の杢之助《もくのすけ》と右近《うこん》の二人だ。父の速水左近から、尚武館での通い門弟への指導は、

「当分休む」

と知らされた日、兄弟で話し合い、小梅村に走り込んだのだ。

これらの日々、磐音自らが道場に立ち、松平辰平《まつだいらたつぺい》や重富利次郎《しげとみとしじろう》らを指導することはなかった。磐音は小田平助《おだへいすけ》が指導する槍折《やりお》れの稽古にも加わらず、母屋《おもや》の庭で手に馴染《なじ》んだ備前包平《びぜんかねひら》刃渡り二尺七寸（八十二センチ）を緩《ゆる》やかに抜き打つ独り稽古を黙々と繰り返していた。

その独り稽古の様子は、磐音が、

「なにかを待ち受けている」

ようにも見え、また、

「尚武館の今後を思案する姿」
にも思えた。
磐音は不惑《ふわく》を前にしていた。
十年前の磐音ならば、包平を力と技で抜いていたであろう。だが、ただ今の磐音には二尺七寸の大業物《おおわざもの》を抜く折り、どこにも無駄な力がかからずに、渓流を水が迸《ほとばし》り下るように、
すいっ
と抜き、
すうっ
と鞘《さや》に納めた。
そんな磐音の脳裏には、抜くという意識より、包平と体を同化させる考えがあった。それが自然に身に備わるまで稽古に励んだ。
そんな磐音の独り稽古に、当初だれも声をかけられなかった。
いかなる天変地異がこの世を見舞おうと、歳月は動きを止めることはない。時が緩やかに、いや、止まったように思えたとしても、それは何千年、何万年と続いてきた時の流れの断片にすぎない。

磐音の独り稽古がおこんの目には、亭主の悩みの、思案の深さを物語っているようで、声をかけられなかった。

「まるで春先の縁側で日向《ひなた》ぼっこをしながら、居眠りしている年寄り猫」

のようだった剣風も消え、他人を寄せ付けぬ険しさだけがあった。

(亭主どのは悩んでおられる)

おこんは、家基が暗殺され、佐々木玲圓とおえい夫婦が家基に殉じた悲劇の日以来の衝撃が亭主を襲っていることを察していた。

辰平らには、ふだんどおりの暮らしに戻ることを告げた。だが、剣術家坂崎磐音は田沼意知の予期せぬ死に折り合いがつけられずにいると、おこんは考えていた。

いつの日かまた、

「居眠り磐音」

が戻ってくるのか。

ただ静かに見守るしかないと思っていた。

実際、磐音には迷いが生じていた。亡き玲圓は磐音に、

（人の命を絶つことではのうて、活かす道を考えよ）

と諭《さと》していた。

不惑を前にした磐音が迷っていた。

田沼意次がこのまま黙って引き下がるはずはなかった。それは田沼意次の挫折を、死を意味するからだ。幕府を壟断《ろうだん》する座についた権力者のみがそのことを承知していた。

それは磐音独創の考えではない。多くの者が考え、恐れていたことだ。だがその人々も、世間に吹く風に気付かなかった。

この日、磐音は包平を静かに抜き打つ稽古を終えると、いったん母屋の縁側に結跏趺坐《けっかふざ》して心を空にした。剣者があれこれと雑念に心を惑わされることは、害あって益なしと承知していた。それでも磐音は惑い、惑いを振り払うために苦悶していた。

ふと磐音の頭に言葉が浮かんだ。

「剣身一如《けんしんいちにょ》」

剣術家の極める先は、この四文字に尽きた。剣と身が一つとなって動くとき、にする。磐音は、未だ「剣身一如」の心境にはほど遠いと考えていた。そのために稽古を積み重ねるしかないことも承知していた。

磐音は、しばし瞑想《めいそう》したのち、立ち上がった。

手にはふたたび備前包平があった。

初夏の光が小梅村に静かに差していた。

(縁側で半刻《はんとき》(一時間)以上も座禅をしていたのか)

腰に包平を落ち着かせたとき、磐音の頭から雑念が消えていた。

磐音はしばし新たなる日に向かって正対し、改めて包平を抜くと、直心影流の正眼《せいがん》の構えに身を置いた。

柄《つか》に両手を添え、昇りくる日輪に大帽子《きつさき》を向けた。

刀に身を同化させるとは、剣身一如とは、いかなる極意か。

(虚実を、陰陽《いんよう》を超えて動け)

と何者かが磐音に命じた。

直心影流の極意の一つに、

「陰陽の二気は虚実往来の気にも相通ずる。呼吸《いき》をして陰陽が循環《じゅんかん》する所は、人体の三焦《さんしょう》である。三焦の役目は手の指先から足の爪先に至るまで陰陽を循環させ、一時たりとも停滞させない重要な働きをする」

と教える。

「虚実を、陰陽を超えて動け」

とはどのようなことか。

磐音は言葉の意味を理解するより先に、剣者の本能に従い動いた。

包平の動くがままに、身を寄り添わせた。

磐音は脳裏から考えを捨てた。

その瞬間、磐音は自在に動いていた。これまで感じたことのない気の流れ、水の流れのような感覚だった。刀にまで体の動きが伝わっていた。

(剣身一如)

とはこのことか。

包平の命ずるままに身を動かす磐音を見詰める者がいた。

おこんだった。

(今朝の亭主どのは、いつもの坂崎磐音とは違う)

と感じた。

なにかが磐音の中で起こっていた。

おこんは、この動きが亭主の迷いを振り切るきっかけになってくれれば、と胸の中で八百万《やおよろず》の神に願った。

一心不乱の動きはごくわずかなものだった。磐音はその動きを最後に緩やかな動作に戻していた。

おこんは、居眠り剣法を取り戻してくれたのだ、と思った。

磐音は不意に、縁側に立つおこんを見て、

「道場に出る」

と告げると、

「おこん、稽古のあと、外出《そとで》をいたす。仕度を願う」

と言葉を残し、ゆったりとした歩みで道場へと向かった。

この日、磐音は十数日ぶりに住み込み門弟衆に稽古をつけた。道場の気が静かながら高揚した。その様子を霧子《きりこ》は、小田平助と庭から眺めていた。

「霧子さん。先生がくさ、迷いば振り切ったごとある」

「先生にも迷いが生じますので」

「霧子さん、えろうなればなるほどくさ、背負う荷は重うなるたい。その重荷の分だけくさ、悩みや迷いは深うなるもん」

「だれにも悩みは、迷いはあるのですね」

「ああ、死ぬまで人間、悩んで迷うて、答えば見つけるもんたい。それが衆生、人間たいね」

　と応じた平助が、

「霧子さんにも悩みがあろうが」

「ございます」

「弥助さんのことはくさ、悩まんでよか。必ずたい、この小梅村に、身内の元に戻ってこられるばい」

「先生も、この地がわれら一家の寄辺《よるべ》、ゆえに必ず」

「小梅村に戻ってこられる、と言われたとやろが」

「はい」

　しばし二人は無言のまま、磐音が田丸輝信《たまるてるのぶ》に稽古をつける光景を眺めていた。

その日の昼下がり、磐音は独り竹屋《たけや》ノ渡しで船に乗った。

着流しに夏袴《ばかま》をつけた磐音が、養父《ちち》譲りの数珠《じゅず》を懐に入れたのをおこんは承知していたが、なにも言わなかった。

「暑うございます。塗笠《ぬりがさ》よりも菅笠《すげがさ》のほうが涼しゅうございましょう」

と新しい菅笠を差し出した。

磐音は素直に受け取った。

霧子は、おこんから磐音が外出すると聞いて、すぐに猪牙舟《ちょき》の仕度をした。だが磐音は、

「霧子、気遣いを無駄にするようじゃが、渡し船で参る」

と霧子の厚意を断った。そこで空也《くうや》と平助と霧子で、磐音を竹屋ノ渡し場まで見送った。空也の腰には木刀があった。

「父上、いつおもどりですか」

胸を張った空也が尋ねた。

「夕刻までには戻るつもりじゃ、空也」

「やくそくですよ。母上がしんぱいなされますからね」

乗合船に乗り込んだ磐音に空也が問い、磐音の返事にさらに言い添えた。

「そうか、母上が案じておられるか」

「母上ばかりではございません。霧子さんも門弟衆も、父上ひとりで出かけられるときはしんぱいと申されております」

「皆に明るいうちに戻ってくると伝えてくれぬか」

と磐音が答えたとき、

「船を出すぞ」

と船頭がいつもの仕来りどおりの声を上げ、

「尚武館の若様よ、おまえ様の親父様はよ、江戸いちばんの剣術家だよ。川向こうに行ったたってよ、親父様に立ち合いを望む馬鹿者はだれもおるまいよ」

と笑いかけた。

「船頭さん、真《まこと》ですか」

「おお、この伝五郎《でんごろう》が証人だ。仕舞い船にはおまえ様の親父様を必ず乗せてくるからよ」

「やくそくですよ」

空也が声をかけて父親に手を振った。

乗合船が川の中ほどまで来たとき、

「坂崎様、よい跡継ぎをお持ちでございますな」

と夏羽織を着たお店《たな》の主風の男が磐音に話しかけてきた。粋《いき》な着こなしといい、持ち物といい、小梅村辺りに御寮を持つ分限者《ぶげんしゃ》と思えた。

「女房どのがしっかり者じゃから、倅も健《すこ》やかに育っており申す」

「おこん様はいかにも賢い女子衆《おなごし》にございますよ」

「おこんをそなた、承知にござるか」

「おお、これは失礼をいたしました。私は吉原の妓楼丁子屋《ぎろうちょうじや》と関わりが深い引手《ひきて》茶屋《ぢやや》ひたち屋源右衛門《げんえもん》にございます。おこん様のことは今津屋《いまづや》さんに奉公されていた頃から承知しております」

「さようか。ではそなた、丁子屋もよう承知か」

「はい。山形《やまがた》に参られた白鶴《はっかく》太夫もうちで仲之町張りをなされましたよ」

吉原の大見世に登楼する客は、いきなり楼に行くことはない。馴染みの引手茶屋に行き、そこで財布など合切《がっさい》を預けたのち、遊女や男衆《おとこし》の迎えを受けて楼に上がる仕来りだ。

仲之町張りとは、馴染みの上客を引手茶屋で迎える太夫の行為を指し、仲之町張りで迎えられる客は、これ以上の冥利《みょうり》はない。それが吉原の遊びだった。

花魁道中《おいらんどうちゅう》や仲之町張りは、太夫と呼ばれる見識、美貌、人柄を兼ね備えた遊女の特権だ。

「そうか、白鶴もな」

白鶴太夫の本名は奈緒《なお》であり、磐音とは許婚《いいなずけ》であった。

「坂崎様、ただ今の白鶴太夫がご苦労なさっているという噂がございますが、ご存じにございますか」

ひたち屋源右衛門が声を潜めて磐音に尋ねた。ということは、磐音が白鶴太夫こと奈緒とどのような間柄であったかも承知なのであろう。

磐音は頷きながら、女衒《ぜげん》の一八《いっぱち》の働きに思いを馳《は》せた。

「丁子屋の旦那《だんな》も案じておられますよ」

潜み声とはいえ、乗合船の中で話題にできる話ではない。磐音はただ黙って頷くしかなかった。

「坂崎様、なんぞ私どもに手助けできることがあれば、仰《おつしや》ってくださいましな。会所《かいしょ》の頭取《かしら》も気にしておられますからな」

「相分かった」

と磐音が答えたとき、乗合船が船着場に到着した。

「お先に」

男衆を従えたひたち屋源右衛門が今戸橋《いまどばし》へと上がっていった。

磐音は乗合客がすべて下りるまで待ち、最後に船を下りた。

「船頭どの、仕舞い船には必ず戻って参る」

「若様との約束だ、お待ちしていますよ」

船頭が応じて、磐音は船着場から吾妻橋《あづまばし》に向かう道に出ると、広小路《ひろこうじ》へと歩き出した。

一刻（二時間）後、磐音の姿は忍ヶ岡東照大権現宮《しのぶおかとうしょうだいごんげんぐう》に接した別当寒松院《べっとうかんしょういん》の墓地にあった。自然石の墓石は苔《こけ》むし、武門を示す違《ちが》イ剣《けん》の紋だけが刻まれていた。

磐音は羽織を脱ぐと墓石に水をかけ、辺りを掃除して、線香を手向けた。

そして、墓石に向き合うと合掌した。もはや先祖代々の霊に問いかけることはしなかった。

磐音のほうから動くことはもはやなかったからだ。

田沼意次の出方を待つしかない。

長い刻、磐音は佐々木家の隠し墓の前で時を過ごしたのち、玲圓の墓参りの仕来りに従い、下谷茅町《したやかやちよう》の料理茶屋谷戸《やと》の淵《ふち》の渋い門を潜《くぐ》っていた。

三

お茅《かや》と忍《しのぶ》の親子に迎えられた磐音は、谷戸の淵の仏間に入ると、三年前に亡くなったお京の位牌《いはい》に線香を手向けて合掌した。

お京はお茅の母であり、忍の祖母であった。

磐音が初めて玲圓に連れられて谷戸の淵を訪ねたとき、お京は健在であったが、磐音とおこんが流浪《るろう》の旅に出ている間に亡くなっていた。

仏間を出ると、客間ではなく居間に通された。そこに半刻ほどいて、お茅、忍親子の接待で茶を喫《きつ》しながら、二人としばし談笑した。

月に一度の佐々木家の隠し墓参りと、その帰路に谷戸の淵に立ち寄る慣わしを養父玲圓から譲りうけて五年の歳月が流れていた。

だが、流浪の三年半余、この慣わしは中断せざるをえなかった。

江戸に戻り、ふたたび隠し墓参りと谷戸の淵訪問は再開された。

玲圓はこの谷戸の淵で二合ほどの酒を嗜《たしな》むことを常としていた。

だが磐音は茶を馳走になりながら、お茅、忍親子とあれこれ近況を語り合うことに変えた。

酒を楽しんだ養父、茶で清談する磐音、親子の違いだった。それをお茅も忍も受け入れてくれた。

佐々木家の隠し墓参りが佐々木家の後継にとって必須の行事である以上、谷戸の淵訪問もまた磐音に、そして空也に引き継がれるべき慣わしだった。この慣わしが佐々木家の秘命に関わるものだからだ。だが玲圓は、磐音に明確に、

「秘命」

を伝えることをしないまま家基に殉じた。

磐音は、

「養父上《ちちうえ》はなぜ言い残されなかったか」

と悩んだ。

ある時期、玲圓が磐音に佐々木家の隠し墓を教え、谷戸の淵を訪れる仕来りを伝えたこと自体に、そして家基に殉じたその行為にこそ意味が隠されているのではないかと磐音は考えた。ゆえにこの仕来りだけは、おこんにも洩《も》らすことなく続けるべき佐々木家の後継の使命と自らに言い聞かせてきた。

四方山話《よもやまばなし》も一段落した頃、お茅が言い出した。

「坂崎様に新番士佐野政言様を引き合わせたことで、大変なご迷惑をおかけいたしました。そのことをお詫《わ》びに一度小梅村に参ろうかと忍とも話しましたが、佐々木家代々の秘めやかな仕来りに反することと思い、これまで我慢してきました。こたびの田沼意知様への刃傷騒ぎ、尚武館は大変な迷惑を蒙《こうむ》っておられるのではございませぬか」

「佐野様ご存命の折りには正直申して、われらいいように引きずり回されました。されどただ今では、世直し大明神の佐野善左衛門様にございます。神様になられたお方をあれこれ論《あげつら》うこともありますまい。ゆえにお茅様が気にかけられることではありません」

「私どもも刃傷騒ぎを聞かされたとき、腰が抜けるほど仰天いたしました。まさか城中で刀を振りかざして若年寄田沼様に斬りかかられるとは。佐野様はふだんからいささか性急にして癇性《かんしょう》な御仁にございましたが、あれほどの大騒ぎを起こされるとは夢にも考えませんでした」

と告げたお茅が、

「ただ今は坂崎様が申された世直し大明神に奉られておられますが、世間の風向きなど容易《たやす》く変わります。その折りは佐野様の名はあっさり忘れられていきましょう」

と言い切った。

磐音は静かに頷いた。

「坂崎様、実はあの騒ぎの数日前の夜、佐野様がお忍びでうちにお越しになったのでございますよ」

「なんと、数日前のことと申されますか」

ということは松平定信邸に匿《かくま》われていた時期の話ではないか。

あの折り、松平邸には弥助や霧子が見張りについていたが、佐野は見張りの眼を掻《か》い潜《くぐ》って下谷茅町までやってきたのか。

「なんぞ格別なことがございましたので」

「あの夜は、えらく上機嫌にございましてな、酒を飲まれてようお喋《しゃべ》りになりました。なんという話はございませんでしたが、辞去なされる前に、私と娘にこう尋ねられました」

「……ときに小梅村の主は顔を見せるか」

「江戸を離れておられた三年半ほどお顔を見せられませんでしたが、最近では思い出されたように参られます」

とお茅は曖昧《あいまい》に答えた。

佐野は、佐々木家の仕来りがかくも代々にわたって続けられてきたことを知る由《よし》もなかった。むろん谷戸の淵の家の者も佐々木家の仕来りの背景を承知しているとも言い切れなかった。だが、漠然とながら、月に一度の谷戸の淵訪《おとな》いになにか秘められた意味があることは察していた。ゆえにただの客扱いではなく、その訪いを他人に伝えたことはなかった。

「坂崎磐音も佐々木玲圓の死のあと、えらい難儀をしてきた。だが、その難儀も終わる。神保小路《じんぼうこうじ》に戻れる日も近いわ」

「どういうことでございますか、佐野様」

お茅が質すと、

「なあに、そう思うただけのことよ。いわばそれがしの勘じゃ、気にするでない。坂崎磐音が参った折りには、佐野善左衛門がそう言うていたと託《ことづ》けしてくれぬか。迷惑をかけたともな」

「佐野様、まるで死に際の別れの言葉のように聞こえますが」

「別離の言葉に聞こえるとな。言葉の綾じゃ、気にするな。会者定離《えしゃじょうり》は世の常《つね》じゃからな」

「……そう言い残されてお帰りになりました。その折り、佐野様はあの騒ぎを胸に秘めておられたのですね」

磐音はしばし沈思《ちんし》したあと、

「おそらくこちらを訪ねられたのは、別れを告げに来られたのでしょう。すでに刃傷の妄念《もうねん》に憑《つ》かれておられたのやもしれぬ。されど城中で刀を抜く行為がどのような結果を生むか、冷静に考えられた末の行動とも思えませぬ」

と答えた磐音に忍が、

「こたびの騒ぎでなにかが変わるのでございましょうか。世間様が佐野様を世直し大明神などと持《も》て囃《はや》して、徳本寺に菩提《ぼだい》を弔《とむら》いに訪れる人があとを絶たないと聞かされると、佐野様の生前を思い出し、なんとも複雑な気持ちにございまして、未だ墓参りに行く気になりませぬ」

と遠慮げに言った。

谷戸の淵と佐野家がどのように交わりを持ってきたか、磐音は深く知らなかったが、数多《あまた》の迷惑を蒙ったことだけは推測がついた。

「こちらにも迷惑のかけ放題であの世に旅立たれましたか。米の値が一時下がったことと佐野様の刃傷はなんの関わりもありませぬ」

と答えるのみに留めた。

磐音の言葉に忍が得心したように頷いた。

磐音は不忍池《しのばずのいけ》を南回りに半周して下谷広小路の雑踏を抜けようとした。

「おお、珍しきところで珍しき御仁に会いましたな」

人込みから声がかかった。振り向くと、浴衣《ゆかた》に筒袴《つつばかま》の夏姿で浮世絵師北尾《きたお》重政《しげまさ》が立っていた。

「坂崎さんの父御と母御が豊後《ぶんご》関前《せきまえ》にお帰りになる折りの別れの宴《うたげ》以来か」

北尾が自らに問うように磐音に尋ねた。

「いかにもさようです。あの節は招き客も多く、たいした話もできず失礼をいたしました」

「坂崎さんたちが江戸に戻ってから何度か顔を合わせているが、ゆっくり話をする機会もなかったからな。その間に剣名はますます江都《こうと》に鳴り響いておるものの、その割にはなにか得があったという暮らしではなさそうな。相変わらず他人様のためにに汗をかいておられるか、坂崎さんや」

そもそも二人は、白鶴を名乗る奈緒の吉原入りの模様を北尾重政が錦絵『雪模《ゆきも》様日本堤白鶴乗込《ようにほんづつみはっかくのりこみ》』に描いた一年ほどあとに知り合っていた。

北尾の年齢は不惑を四つ五つ越えたあたり、どことなく疲れ切り、顔の色艶《いろつや》も悪かった。なにか悩みでもあるのか。

北尾が磐音の耳元に口を寄せて、低声《こごえ》で尋ねた。

「城中で起きた刃傷沙汰には坂崎さんは関わりないな」

「ございませぬ。刃傷に及ばれた佐野様はすでに切腹なされて佐野家はお取り潰《つぶ》しです」

「なにやら、そうあっさりと決めつけるところが怪しい」

「怪しいとはどういうことでございますか」

「立ち話もなんだ。広小路界隈《かいわい》で一杯付き合わぬか」

「本日は、最後の渡し船で戻ると倅に約定《やくじょう》しております」

「そうか、忘れておった。おこんさんとの間に二人のお子がおったな。絵師北尾重政も歳をとるはずだ」

と応じた北尾が、

「佐野善左衛門などという男は稀代《きだい》の道化者《どうけもん》じゃな。あやつ一人の考えで城中にて刀を振りかざすものか」

と元の話題に戻した。

「と言われても、それがしにはなんの関わりもございませぬ」

「そうか、じゃがな、坂崎磐音さんや。世間の噂というものは意外に正鵠《せいこく》を射ているものでな」

磐音は北尾を見た。

「つまりは、あの道化者の背後に使嗾《しそう》した人物がいるということよ。まあ、今となってはこのようなことはどうでもよい。だがな、坂崎さんたちが老中田沼に追われて江戸を離れざるをえなかったことも承知しておる。こたびのことがそなたらに新たな災いとして降りかからねばよいがと、絵師北尾重政は案じておるのよ」

「心配をおかけして相すまぬことでございます」

「相変わらずぬらりくらりの居眠り剣法で生きておられるか。坂崎さんならば、小梅村なんぞに隠遁《いんとん》せずともこの江戸のまん真ん中で、堂々とした道場くらい構えられそうじゃがな」

「坂崎磐音、世渡りが上手ではございませぬ。それがしにとっては小梅村が分相応というものです」

「ふうーん」

と鼻で返事をする北尾重政に磐音が、

「本日はお付き合いできませぬが、いつなりとも小梅村においでください。その折り、酒を酌《さ》み交わしながら昔話をしませぬか」

「過日の別れの宴も悪くはなかったが、ああ人が多くては落ち着いて話もできぬ。じっくりと剣術家坂崎磐音と話がしたい」

北尾が勢い込んだ。

「北尾どのには白鶴太夫の一件でも田沼様の愛妾《あいしょう》おすなの弟の件でも世話になっております」

磐音は北尾が奈緒の吉原入りを描いた錦絵で新入りの名を世間に広めたことが、太夫へと出世した切っ掛けの一つと考えていた。

「その白鶴の話だ。出羽国《でわのくに》の紅花大尽《べにばなだいじん》に落籍されたはいいが、ただ今では亭主に死なれて難儀しておるというではないか」

「早耳にございますな」
「わしの画房は吉原に近い浅草聖天町《しょうでんちょう》だぞ。吉原には伝手《つて》がないではないから
な、小耳に挟《はさ》んだ。坂崎さん、手を貸さぬのか。いや、そなたはこたびの一件で
江戸を離れるわけにはいかぬか。それに坂崎さんと白鶴が許婚だったのは遠い昔
のことだ」
「はい」
「よし、近々小梅村に参る」
磐音に応えた北尾重政が下谷広小路の雑踏の中に消えようとしたとき、不意に
その足が止まり、悲鳴を上げた。
懐に匕首《あいくち》を呑んだやくざ者たちが北尾を囲んだのだ。その背後に、剣術を生計《たつき》
にしている浪人者が二人控えていた。
北尾の体が竦《すく》んでいた。
「絵師の先生よ、世間には約束というものがあるんだぜ。親分の注文を受けてか
ら三月《みつき》だ。銭は懐に入れときながら約束の絵は描かねえとはどういう了見だね。
ここで見つけたのが勿怪《もっけ》の幸《さいわ》いだ。親分の前で絵筆を持つ右手の指先を五本とも
詰めてもらおうかね」

「じょ、冗談はやめてくれ。絵師の手は、命以上のものだ」

「だから、その手で支払いをしてもらおうと言ってるんじゃねえか」

「や、やめてくれ」

北尾は不意に思い出したように磐音を振り向き、にっこりと笑った。

「坂崎さん、人助けが道楽だったな」

「さりながら、理不尽な話に首を突っ込むつもりはございませぬ」

磐音は下谷広小路から山下《やました》のほうに向かいかけた。その袖《そで》を北尾重政がしっかりと摑《つか》んだ。

「ほれほれ、通りすがりのお侍も迷惑だとよ。うちの親分は銭金には格別厳しいお方だ。それにおめえは、親分の娘を裸にして描いたというじゃねえか。いろいろとうちに迷惑のかけどおしだ。親分はおめえをふん捕まえて死ぬまで絵を描かせると言うていなさる。さあさ、行こうか、絵師の先生よ」

「お延《のぶ》は女掏摸《おんなすり》ではないか。こちらが嵌《は》められたのだ」

「うるせえ」

「だめじゃ、高樹《たかぎ》の稲造《いなぞう》親分のために絵を描いて、生涯ただ働きなんぞ、ご免蒙《こうむ》る」

「なら、指を詰めるまでだな」

「それではわしの商いができなくなるではないか」

「だから、どっちにしたっておめえは親分の命に従うしかないのさ。お延さんを裸にしたばかりか、稲造親分から三十両もの金子《きんす》をむしりとったのが間違いだ。こういうのを因果応報《いんがおうほう》というんじゃないのかえ、絵師の先生よ」

やくざ者の兄貴分がどこで聞きかじったか、間違った学をひけらかした。

「まさか春画を売り出すとは思いもしなかったのだ」

うるせえ、と兄貴分が叫んで重政を黙らせた。

「おめえの絵にだれが三十両も払うよ。利を生むと思うから親分も大金を支払いなさったんだ。諦《あきら》めな、絵師をさ」

着流しの兄貴分が北尾重政の左手首を摑んだ。そして、磐音に向かい、

「お侍、とんだとばっちりだな」

右顔を磐音に向け、頰《ほお》に刻まれた匕首だか長脇差《ながわきざし》だかで突かれたような傷痕《きずあと》を見せつけた。

「まったくじゃな」

「こいつと知り合いということはあるまいな」

磐音は首を横に振ったが、

「その傷はいかがした。己が振り回した刃物の先が当たったか」

との磐音の言葉に、やくざ者の兄貴分がかっときた。

「てめえ、小ばかにするんじゃねえ。出入りで相手方の侍の突きを受けたのよ。向こう傷はやくざの誉《ほま》れよ」

「因果応報だ、やくざの誉れだと学識があるな。それにしても痛かったであろう。で、どうしたな」

「おい、さんぴん。人前でいつまでもご託を並べてやがって。てめえもこの絵師と一緒に親分の前に引っ立てようか」

「それは困る。それがしにも妻子があるでな」

「ならば、さっさと行っちまいな」

「そういたそうか」

北尾重政が、ぎゅっと摑んだ磐音の袖を振って、

「それはなかろう。古い付き合いではないか」

と哀願した。

「このさんぴんは、おめえなんぞ知らねえとよ」

北尾の顔が青ざめ、磐音が言った。
「そなた、最前からさんぴんさんぴんと繰り返しておるが、だれのことじゃな」
「抜《ぬ》け作《さく》め、おめえのことに決まってるだろ」
「さんぴんやら抜け作とは、聞き捨てならぬな」
「なにぬかしやがる。野郎ども、二人ともしょっぴくぜ」
と兄貴分が手下に命じた。
「さあ、来やがれ」
磐音の夏袴の紐《ひも》を、前後から二人がかりで摑もうとした。
磐音が北尾重政に袖を摑まれた手を、
ぱちん
と音を立てて叩《たた》き離すと、
ふわり
とその場で回った。
次の瞬間、左手にいた手下の足が払われて体が虚空に飛び、さらに右手に立っていた二人目の手首が磐音に摑まれて捻《ひね》られ、こちらはなんとも高々と舞い上がったのち、広小路の地面に叩き付けられた。

「玉屋《たまや》！」

と騒ぎに気付いた見物人が叫んだほどだ。

それにしても一瞬の早業《はやわざ》だった。

「野郎、やりやがったな。許せねえ、さんぴんを叩き伏せろ、先生方よ」

兄貴分が用心棒浪人に命じた。

「よかろう」

髭面《ひげづら》の用心棒侍が刀の柄に手をかけたが、もう一人は、どうしたものかと迷う表情を見せた。磐音の早業を見せられ、いささか怯《おび》えた顔付きをした。

「おい、多野《おおの》の旦那、てめえ、役立たずか」

頬傷の兄貴分に凄まれた多野が、磐音に向き合い、

「そのほう、手向かいいたすと怪我をするぞ。大人しゅうしたほうがそなたのためだ」

と諭すように言った。

「やめな、やめな」

見物人の群れの中から声がかかった。鳶職《とびしょく》の兄さんの形《なり》だ。

「なんだ、てめえも痛い目に遭《あ》いてえか」

「誉れだかなんだか知らねえが、向こう傷の兄さんよ。相手を見てから脅《おど》しをかけるもんだぜ」

「鳶職なんぞに怖気《おじけ》づく向こう傷の与次郎《よじろう》様じゃねえんだ」

「おれのことじゃねえよ。そのお侍さんのことだよ」

「こいつがどうした」

「亡くなられた西の丸徳川家基様の剣術指南、ただ今は御三家の一つ、紀伊家の剣術指南だぜ。直心影流尚武館道場の坂崎磐音様といったら、てめえらも名くらい聞いたことがあるだろう。そのお方に、剣術家崩れの用心棒二人で事が済むと思うか」

見物人の鳶職の兄さんの切れのいい言葉に、向こう傷の与次郎がごくりと音をさせて唾《つば》を呑み、用心棒侍は、
さあっ
と後ろに下がった。

「向こう傷の与次郎どの、最前は虚言を申した、相すまぬ。それがし、この絵師どのといささか縁があってな。北尾重政どのを独りそなたの親分のところに行かせるわけにはいかぬ。それがしも付き合おう」

「お、お侍、それは遠慮願おう。こいつだけで十分だ」

北尾重政を指した。

「いや、わしは坂崎さんを後見に立てる。そうでなければここを動かぬ」

と北尾が頑張った。

見物人も、

「錦絵の絵師がそう言ってるんだ。尚武館の先生をよ、親分のところに連れて行きな」

「となると、親分の首がよ、ぱあっ、と胴体から離れてよ、天井《てんじよう》辺りまで血飛沫《ちしぶき》が飛ぶぜ。最前、素手でよ、くるりと回ったと思ったら、二人の手下が宙に舞い上がってたもんな」

などと見物の衆が勝手なことをほざいた。

「くそっ、北尾重政め、今日は見逃してやる。次は覚悟しな」

お決まりの捨て台詞《ぜりふ》を残した与次郎が、未だ長々と地面に伸びている手下を足先で蹴飛ばし、

「いつまで寝てやがる。行くぞ」

と言うと人込みに紛れ込み、手下たちも地面に転がった仲間を連れて逃げ去っ

た。

　磐音はその様子を確かめ、山下に向かって歩き出した。

「ま、待ってくれ」

「いかがなされた、もはや危難は去ったのでは」

「あいつら、わしの家を知っておる。坂崎さんと別れたとなると、必ず家に押しかけてくる」

「で、どうなさるおつもりですか」

「当分、小梅村に世話になる。最前、いつでも訪ねてこいと申されたな」

　磐音は足を止めて北尾重政を振り返った。

「窮鳥懐《きゅうちょうふところ》に入《い》れば猟師も殺さず、と言うではないか」

「北尾重政どの、うちは春画を描く絵師どのを匿う謂《いわ》れはございません」

「だからわしは断ったのだ」

「三十両を受け取ったとき、そのような話はなかったのですか」

「まあ、正直、あぶな絵程度のことは考えておるなとは思った。それにいろいろと曰《いわ》くがあってな。だがな、親分と妾《めかけ》の絡《から》み合いを描くなどとは一言も聞いておらぬ」

「その折り、なぜ金子を返されなかったのです」

「使ってしもうて手元には残っておらぬのだ。どうすることもできまい」

「呆《あき》れました」

磐音は歩き出した。すると北尾重政が後ろから従ってきた。

（はて、おこんにどう話したものか）

谷戸の淵で佐野善左衛門の話を聞いたときから、この日が妙な方向に動き出したようで磐音は落ち着かなかった。

「のう、わしもおこんさんに素面《しらふ》で会いとうはない。どこぞで少しばかり酒を馳走してくれぬか」

北尾重政の言葉を背に聞きながら、磐音は下谷車坂《くるまざか》から新寺町《しんてらまち》通りへと入っていった。

四

二人が竹屋ノ渡し場に着いたとき、暮れ六つ（午後六時）には未だ間があった。

河原には西日が残って差しかけていた。

仕舞い船に乗る小梅村や須崎村《すさきむら》の住人らが七、八人、所在なげに待っていた。

その中には磐音を承知の者もいて、

「尚武館の先生、今日もなかなかの暑さでございましたな」

とか、

「江戸に御用でございましたか」

と挨拶《あいさつ》する者もいた。

一人は三囲稲荷《みめぐりいなり》の下男で時折り顔を合わせていた。もう一人は職人のようで、出入りのお店《たな》の名入りの半纏《はんてん》を着ていた。

磐音らが住む小梅村も須崎村も江戸の内だ。だが、そちら側の住人は、江戸城を中心に譜代《ふだい》大名屋敷をはじめ諸侯、旗本屋敷、それに大店や魚河岸がある右岸を「江戸」と呼び、自分たちの住む左岸と区別した。

「梅雨まえというように暑い一日でござったな」

と挨拶をする磐音の視線が、向こう岸から流れに出てきた渡し船を捉えた。

北尾重政は煙管《きせる》の火皿に刻みを詰め、渡し場の者から煙草《たばこ》の火種を借り受けて、すぱすぱと吸い始めた。なかなかの刻み煙草と見えて、船着場にいい香りが漂った。

「北尾どの、そなた、どちらにお住まいか」

磐音が絵師に尋ねた。

「画房は浅草聖天町と承知じゃな」

「何年も前から知っております」

「あまり帰らぬがわが家は、新堀川《しんぼりがわ》沿いの浅草阿部川町《あべかわちよう》にあって、家人が住んでおる。だが、このところあちらこちらにツケがたまっておってな。その上、最前のような奴《やつ》らも顔を出す。帰るに帰れぬのだ」

磐音は驚いた。

阿部川町ならば最前通ってきた新寺町通りの南側だ。その磐音の胸中を察した北尾重政が、

「なにがしか懐に銭を入れておらぬとな、わしも帰り難い。ゆえに近頃はあちらこちら知り合いの家を転々としておる。今宵は尚武館の隅にでも寝かせてくれ」

と平然とした顔で宣《のたま》った。

「お身内の困った様子が目に浮かびます。これからでも遅くはござるまい。お帰りなされ」

磐音は言いながら、懐にどれほどの金子が入っていたかを考えた。磐音が外出

するとき、おこんが事前に財布に二両ほどの額の一分金、一朱銀を混ぜて入れてくれた。

本日は、寒松院の寺男から購《あなが》った線香代として一朱渡したほかに、谷戸の淵では茶菓を馳走になっただけだ。ゆえに二両近くは残っていると思った。

「二両ほどなら用立てできます」

磐音は低声で北尾重政に囁《ささや》いた。

「それができるとな、いちばんよいのじゃが。見たであろう、あのような輩《やから》が夜となく昼となく顔を見せて凄むのじゃぞ。坂崎さんから二両を用立ててもらったとしても、右から左へと禿鷹《はげたか》どもの手に渡ることになり、家人にはなんの恩恵も及ばん。生きた心地もしない嫌な気持ちだけが残る」

北尾重政は、二両程度ではどうにもならぬと言い切った。

「あの輩は別にして、物を買われたのでござろう。支払いはなさらぬと」

「借財というもの、いつしか大きく膨らんでおる、昨今顔料《がんりよう》も表具代《ひようぐだい》も高いでな。まあ、おこんさんのようにしっかり者の嫁であればよいがな、うちは成り行きのくっ付き合いだ。若い頃はそれなりに愛嬌もあったが、近頃では、銭はどうした、金を稼いできたかとしか言わぬ」

と嘆いてみせた北尾重政だが、格別深刻な顔でもない。

「それより坂崎さん、吾妻橋を渡ったほうが早かったのではないか」

と帰り道にまで文句をつけた。

渡し船は流れの真ん中あたりに差しかかっていた。

「倅の空也に仕舞い船で戻ると約束したのです」

「なに、倅どのがあちら岸で待っておるのか」

「さようにござる」

竹屋ノ渡し付近で隅田川の川幅は百間余あった。その上、大小の寄洲《よりす》が山谷《さんや》堀《ぼり》側に並んでいて向こう岸の様子はよく見通せなかった。

「坂崎道場には住み込み門弟がおろうな」

「はい、おります」

「今津屋の寮に百姓家を買い足して道場に改築したと聞いたが」

「ようご存じですな」

「絵師も掛取《かけと》りから逃げ隠れしておると、他人様《ひとさま》の暮らしが気にかかるものでな。そう、小梅村の住まいも暮らし向きも承知しておる」

「ならば、おこんが生計《たつき》を立てるのに難儀しておることも耳に入っておりましょう。その家に当代きっての浮世絵師北尾重政が居候《いそうろう》なされますか」

二人の会話を船着場の全員がなんとなく聞いていた。

「いかにもそなたは、わしとちょぼちょぼなくらい金を稼ぐ才はない。だが、この北尾重政との違いは、両替屋行司《ぎょうじ》の今津屋がそなたの後ろ盾《だて》についておることだ。今津屋の御寮を借り受けたとて大した家賃は払うてはおるまい。その上、門弟からはなにがしか束脩《そくしゅう》を得る。まあ、小金を貯めてなくとも糊口《ここう》を凌《しの》ぐに難儀はしまい」

いけしゃあしゃあとした顔で北尾重政が言い放った。

「呆れた」

仕事帰りの職人が北尾の言葉に反応した。

「北尾重政といえばよ、錦絵や美人画一枚が何両何十両もするという絵師だろうが、貧乏が売り物のような剣術家の家に転がり込むつもりかえ」

「ああ、浮世絵や草双紙《くさぞうし》に描く挿絵《さしえ》だって、ばか高いというぜ。それが尚武館に居候しようってか。考え違いも甚《はなは》だしいぜ、絵師の先生よ」

乗合客が勝手なことを言い合った。

「そなたら、こちらの窮状も知らずして好き勝手なことを言うでない。絵師北尾重政、不惑を過ぎてな、急に金のめぐりが悪くなったのだ。こちらの身も察してくれ」

煙草を吸い終わった北尾が灰を煙管から落として、乗合客に応じた。

「おめえさん、近頃まで柳橋芸者の春奈《はるな》といい仲だったって評判じゃなかったか。あれだけの芸者を一時とはいえ抱えたんなら金に困ってはおるまい」

「愚者《ぐしゃ》ども」

「ぐしゃってなんだ」

「愚かな知恵足らずということだ。春奈に銭を注ぎ込んだゆえ、こうして困っておるのではないか。物の道理がさようにも分からぬか、愚者ども」

「よく言うぜ。若い芸者を抱えてよ、借金をこさえて逃げ回り、挙句の果てに尚武館に厄介《やっかい》になろうっていう人間の態度ではないな。それによ、おれっちよりいい刻みを吸ってやがるぜ」

「根岸《ねぎし》のな、客のところに金の無心に行ったと思え。再三の借金申し込みゆえ、新たな用立てはできぬと断られた。その折り、隙《すき》を見て煙草入れから拝借してきたものだ」

「北尾重政が煙草を盗んできたのだと。尚武館の先生よ、物がなくなるかもしれねえぜ。居候させるのはやめたほうがいいぜ」

「うちは盗まれて困るような高価なものはないゆえ、まあ、その心配はあるまい」

だが一方で、北尾重政の居候をおこんがどう受け止めるか、磐音はその点がいささか不安だった。それにしても乗合船を待つ間の皆の会話には深刻さが足りなかった。

うむ
磐音は寄洲の間から姿を見せた乗合船に、気になる人物がいるのを目に留めていた。

三年半余の流浪の旅から江戸に戻ってきた磐音一家三人と小田平助が、朝まだき、両国橋を渡ろうとしたときのことだ。

橋上で一人の武芸者が磐音を待ち受けていた。

年格好は磐音とほぼ同じ、片目が見えないのか、古銭の寛永通宝《かんえいつうほう》を眼帯代わりに革紐で留めていた。

立ち塞《ふさ》がった武芸者に磐音が問いかけると、

「遠江《とおとうみ》の出、土子順桂吉成《ひじこじゅんけいよしなり》」

と名乗り、

「一片の恨みつらみもそなたにはござらぬ。じゃが、いささかの恩義これある人の頼みにより、そなたの命を貰いうける」

と宣告した。ただし、

「本日は告知のみにござる。そなたとの戦い、明日になるか三年後になるか、それがし、考えもつかぬ」

と答えるのへ、磬音が、

「遠江の出とは田沼意次様の相良《さがら》領もまた遠江。そなた様の雇い主は田沼意次様にございますかな」

と尋ね返すと否定することなく、

「いかようにもお考えあれ」

と言い残し、両国橋の欄干《らんかん》に飛び乗り、橋下に舫《もや》っていた舟に飛び乗って姿を消した人物だった。

田沼意知が佐野善左衛門に城中で斬りつけられ、身罷ったばかりだ。父親の意次が、

「坂崎磬音を斃せ」

との命を発した結果かと磐音は考えた。

渡し船は船着場に近い寄洲を抜けて接近してきた。

磐音は菅笠の紐をほどき、北尾重政に差し出すと、

「それがしから離れていなされ」

と命じた。

「どうしたのだ」

訝しげな顔付きに変わった北尾が菅笠を受け取った。

「乗合船に、いささか曰くのある御仁が乗っておられる。果たし合いになるやもしれませぬ」

「坂崎さんは江都一と言ってよい剣術家だ。一人や二人を相手にするなど朝飯前であろう」

船着場に渡し船が寄せられた。

「いや、それがしが敗北したとしてもなんの不思議もござらぬ」

「なんだって」

北尾重政が磐音の顔を凝視した。そして、その言葉が大仰《おおぎょう》ではないことを、磐音の険しい顔から察した。

「北尾どの、願いがござる」

「なんだな」

「立ち合いの末、それがしが敗《やぶ》れた折りのことです。おこんや門弟衆にこう伝えていただきたい。これは剣術家同士の立ち合い、神田橋《かんだばし》内のお方とは関わりなきこと、剣者同士の尋常な戦いゆえ、恨みは残らぬ。ただ死にゆく者と生き残る者に分かれたのみとな」

「そ、それほどの難敵か」

北尾重政から磐音が少し離れた。

渡し船の乗合客にとばっちりがかかるようなことがあってはならぬと考えたからだ。

渡し船からぞろぞろと、小梅村や須崎村からの客が下りてきた。

土子順桂は、最後に乗合船の胴《どう》の間《ま》から立ち上がり、磐音に会釈《えしやく》を送ると、軽々と船着場に飛んで降り立った。

北尾重政が唾を飲み込む音が船着場に響いた。

磐音は土子順桂の顔に戦いの切迫さが欠けていることを訝しく感じた。

(川向こうの小梅村でなにかあったか)

「坂崎どの、そなたの道場拝見させてもろうた。神田橋のお方が手を焼くはずじゃ。主が留守であろうと道場の内外に緩みがない。住み込み門弟衆の稽古を見ても、厳しいものであった。さすがは佐々木玲圓様の後継たる坂崎磐音の門弟衆と感嘆したところでござる」

「土子どの、尚武館にはそれがしとの立ち合いを願うて参られたか」

「坂崎どの、神田橋のお方から江戸に呼び出されたのは事実にござる。されど老中から、改めてそなたとの立ち合いの命は発せられなかった」

磐音はしばし考えた。

(となると、土子順桂は何用あって尚武館を訪れたのか)

「神田橋の主どのの様子はいかがか」

磐音の問いに土子はしばし沈思し、

「そなた、こたびの一件、関わりござるまいな」

と念を押すように問い返した。

「忌憚《きたん》ない問いゆえ、正直にお答えいたそう。坂崎磐音、佐野善左衛門政言様といささかの交流がござった」

磐音の言葉に土子が頷いた。

「一方われら、神田橋御門内の父子とは長い因縁の間柄にござった。とは申せ、それがし、佐野様を使嗾するが如《ごと》き考えは持ち合わせており申さぬ。われらが佐野様に常に願うてきたことは、軽々な振る舞いを慎むことであった。そのつど佐野様に裏切られ、最後にはあのような事態が生じた」

磐音の言葉は淡々としていた。

この日、最後の渡し船に客が乗った。

だが、河原での二人の武芸者の刀なき「立ち合い」が醸《かも》し出す緊迫に、船頭も船着場を離れられず、客たちも二人の話の結末を黙り込んで見守っていた。

「そなたに関わりある御仁は、それがしの手で討つべき人物にござる。佐野様に、この坂崎磐音があのようなことを願おうか」

磐音の静かなる憤怒が淡々とした言葉に籠っていた。そのことを土子順桂は感じたか、頷いた。

「老中とお会いなされたか」

「お目にかかった」

「それがし、五年前、西の丸家基様の死と養父養母の死に立ち会い申した。その喪失感は、そなたの主に向けられ、いつの日か仇討ちをと胸に念じて参った。こたび、佐野様の刃傷によりそなたの主どのが掌中《しょうちゅう》の珠《たま》を亡くされたとき、それがしの胸中をいくらかなりとも察していただけたかと思う。じゃが、最前も申したこたびの騒ぎには、虚しさしか残らぬ」

土子順桂がなにか言いかけ、口を噤《つぐ》んだ。

「坂崎磐音どの、あのお方がそれがしに仰せになった一言を伝えておこう。それがしにできることはそこまでにござる」

「老中はなんと」

磐音の問いは北尾重政にすら届かぬほど小さかった。

「諸々がこと、この意次、あえて御不審を蒙《こうむ》るべきこと、身に覚えなし」

土子順桂の言葉も囁くようであったが、磐音の耳に届いた。

言い訳めいていたが、言い訳ではない。失意の老中の憤激と父親の哀しみがにじみ出た言葉と思えた。

田沼意次は城中の気運を察していた。世間の声を承知していた。

家治は意次に、老中職に留まり、これまで以上の権勢を振るえと命じていたが、倅の意知を失った意次の失意、喪失感は大きかった。

磐音にはだれに怒りを向けてよいか分からぬ田沼意次の気持ちが察せられた。

それは、己に言い聞かせるように発せられた、

「この意次、あえて御不審を蒙るべきこと、身に覚えなし」

の一語に感じ取れた。

田沼意次は、二年後に老中辞職を余儀なくさせられたとき、「上奏文」のなかで、身の潔白を訴えてこの言葉を改めて記すこととなる。

「坂崎磐音どの、乗合船が待っておる。参られよ」

「両国橋の約定を放棄なされたか」

いや、と土子順桂が首を横に振った。

「それがし、だれの命でもなく一人の剣術家として、近い将来、そなたと雌雄《しゆう》を決したいと思う」

「いつなりとも」

と答えた磐音が、

「土子どの、場所と立会人をこちらから願うて宜《よろ》しゅうござるか」

と願い、しばし考えた土子順桂が頷くと、船着場から山谷堀の方角へと歩き去った。

「待たせて相すまぬ、伝五郎どの」

磐音は船頭に詫びた。

「尚武館の先生よ、あのお侍と知り合いかえ。船に乗ってもただ辺りの景色を見ておられただけだが、わっしはなかなかの腕前の剣術家と思ったね」

磐音は伝五郎に頷いた。

磐音と北尾重政が待っていた乗合船に乗り込むと、伝五郎が棹《さお》を差し、いつもより遅れた仕舞い船が須崎村の船着場に向けて折り返していった。

「坂崎さん、いつかあの人物と戦う羽目になるのか」

北尾が磐音に低声で訊いた。

磐音は黙って首肯《しゅこう》した。

「坂崎さんが、おこんさんや門弟衆に剣術家同士の尋常の勝負と伝えるよう言付けた意味が分かった。刀こそ抜き合っていなかったが、ばちばちと火花が散るような対決であったな。それでいて、両者とも声高になることもなく、淡々としておった。真の勝負というものは、かようなものかもしれぬ」

北尾重政が言ったとき、船着場が見えてきた。

「尚武館の先生よ、約束どおり若様方と犬が出迎えておられますよ」

船頭の伝五郎が磐音に教えた。

船着場に白山《はくさん》の綱を引いた空也と、辰平、利次郎が出迎えているのが見えた。

磐音は出迎えの一行に手を上げながら、土子順桂の正体を知るのは、おこんと空也に小田平助、そして、弥助と霧子のみであったことを思い出していた。

三歳だった幼い空也が土子順桂を覚えていなくとも、小田平助は承知のはずだった。その平助が、なぜ土子順桂を尚武館道場に受け入れ、見物をさせたか、いささか訝しく思っていた。

第二章 神保小路の屋敷

一

　この日、小田平助は、道場主坂崎磐音の毎月一度の外出を、霧子と空也とともに竹屋ノ渡し場まで見送ったあと、尚武館の長屋に戻り、ふと思い付いて再び尚武館の門を出ようとした。

「おや、小田様、御用かな」

　門番の季助《きすけ》が白山の飲み水を新しい水と取り換えながら尋ねた。

「御用ではなかかと。気まぐれにくさ、先生ば真似《まね》てくさ、川向こうの江戸の風に吹かれとうなっただけたい」

　ふーん、と返事した季助が、

「小田様も、もよおすもんかね」

「もよおすとはどげんことね、季助さん」

「向こう岸は吉原たい。大門《おおもん》を潜ることはあるめえが、品川辺りの食売女《めしもりおんな》の肌が恋しゅうなったんと違うやろか」

「季助さん、お互い歳ば考えんね。そげん話やなかと」

「ならばなんの用事かね」

「最前も言うたやろ。ただ江戸の風に吹かれたかと」

「やっぱり怪しげやな」

首を傾《かし》げる季助と平助の話をつい耳にした霧子が、

「季助さん、小田様は先生を見倣《みなら》おうとしておられるのではございませんか。まさか吉原を訪ねるという話ではありませんよ」

と二人の会話に加わった。

だがそのとき、霧子の胸には未だ憂《うれ》いがあった。師であり父親のような弥助の、

「不在」

への懸念があったからだ。若年寄田沼意知の死が公にされた直後、弥助は尚武館のだれにも理由を告げず姿を消していた。

尚武館常住の弥助、平助、季助の三人のことを利次郎は、

「三助年寄《さんすけ》り」

と密かに名付けていた。

弥助は幕府の元密偵の伊賀庭番であり、平助は流浪の槍折れの名手であり、季助は先代の佐々木玲圓時代からの佐々木家の門番であり、三人三様で門弟とはいえなかった。またそれぞれ尚武館との関わりは異なったが、この数年にわたる激動の運命と苦難をともに乗り越えてきた老練の者ばかりだった。住み込み門弟の辰平や利次郎らの足りない経験を補い、年の功で尚武館を支えてくれていた。

「女子の霧子さんには分かるまいが、小田様とて未だ男たい。その気が起こっても不思議はなかろ」

平助の西国訛《なま》りを真似て、季助が珍しく冗談とも本気ともつかぬことを霧子に言った。

「そげんことじゃなか」

と珍しく執拗《しつよう》な季助に抗《あらが》った平助が、

「霧子さん、わしば向こう岸まで舟で送ってくれんね。季助さんに疑《うたぐ》られてくさ、なんや心持ちがすっきりせんと」

と真面目《まじめ》な顔で願った。すると霧子が、

「畏《かしこ》まりました」

と二つ返事で承諾した。

「霧子さん、冗談ばい。季助さんの言葉につい乗せられてしもうたと」

「いえ、私も小田様に聞いていただきたい話がございます。どちらにでもお送り申します」

霧子はその足で尚武館の船着場に走っていった。

「季助さんが要らんこと言いやったお蔭《かげ》で、霧子さんに迷惑かけたもん」

とぼやきながら季助に見送られ、

「季助さん、平助は霧子さんに送られて川向こうをぶらぶらしてきとうなったと、おこん様に伝えてくれんね」

と願って船着場に急いだ。

「ふーん、わっしの考えが違うたか」

季助がぼやき、

「今日の小田様には冗談が通じんぞ」

と白山に訴えた。

平助が猪牙舟の胴の間に船頭の霧子と対面するように座り、

「霧子さん、手間ばかけてすまんことたい。流れを下ってくれんね」

と詫びて曖昧に行き先を命じた。頷き返す霧子に、

「霧子さんの胸のわだかまりならたい、心配いらんばい。弥助さんはくさ、そろそろ戻ってこられる頃合いと思うちょる」

と呟《つぶや》いた平助が霧子の答えを待たず、さらに言い添えた。

「霧子さん、今朝も言うた言葉を繰り返すたい。人というものはたい、生きとる年月をくさ、重ねれば重ねるほどたい、あれこれと悩み事や考え事を身につけるもんたい。胸に秘めたもんがなか人間は、この世におらん。だれしも秘めごとの一つや二つあるもんたい。霧子さんや、弥助さんが小梅村に戻ってもたい、どこぞに行ったか尋ねちゃならん。そん気になったとき、弥助さんが話すはずたい」

「人はだれしも胸に秘めたものを持って生きるものですか」

霧子が自問するように尋ねた。

「霧子さんにもあろうもん、胸に手ばあてて考えてみんね。先生にもおこん様にも利次郎さんにも言えんことがくさ、なかね」

平助の問いに霧子は首を傾げた。

「小田様、私は親の顔を知らずに育った女子です。その上、雑賀衆の郷から離反した者たちのもとで、非情な暮らしを強いられて生きてきた人間です。とはいっても、秘めたことがあるとしたら、師匠に出会う以前の旅暮らしかもしれません。

胸に隠し事があるかないか、自分の気持ちがよく分かりません」

「霧子さんはたい、それだけ難儀をしてきてくさ、いまの幸せがあると。それだけくさ、清い心ば持ち続けた女子衆ということたいね。ともかく弥助さんはそろそろ里心がついて元気に小梅村に戻ってこられると。なんの心配もなか」

霧子は平助の言葉に胸の不安が少しばかり晴れて、

「小田様、どちらに猪牙を向けましょうか」

と改めて訊いた。

「霧子さんや、ふと思いついたことたい。秘密でんなんでんなかと。だれも気にせんと思うてくさ、門を出ようとしたら季助さんに怪しまれたと」

「小田様の秘めごとを詮索するようなことはいたしません。どこなりとも好きなところに舟をお着けします」

「そげんこと、霧子さんに言われるとくさ、なんやら秘めごとでなければいけんこつごたる。神田川に猪牙ば入れてくれんね」

そんな会話を猪牙舟の中で交わした霧子は、四半刻《しはんとき》(三十分)後、平助とともに住み慣れた場所に立っていた。

神保小路の尚武館跡だ。

長年佐々木家が拝領地として幕府から許され、直心影流の道場を営んできた地であった。元幕臣の佐々木家がなにゆえに禄を離れたか、その一方で、拝領地を返すことなく幕臣や大名諸家の家臣たちに剣術を教えてきたか、その理由を平助も霧子も知らなかった。だが、二人が佐々木玲圓、坂崎磐音の二代に与《くみ》したとき、この神保小路の道場が住処となり、稽古の場となった。

歴代の将軍家すら黙認してきた神保小路の佐々木家は、西の丸家基の死と玲圓、おえい夫妻の殉死のあと、老中田沼意次の命で「返却」を余儀なくされた。

元来、六代目佐々木幹基《みきもと》が直参《じきさん》旗本の身分を解かれたとき、四百五十余坪の拝領地は佐々木家に下げ渡されていた。ゆえに佐々木家の「所有地」であり、老中の命といえども返却には及ばないはずだった。だが、磐音は争いを避けて田沼意次の不当な「命」に従い、神保小路を退去した。その結果、川向こうの小梅村に仮の宿を今津屋の厚意で設けたが、田沼老中の専横はさらに激しくなった。そこで磐音とおこんは江戸を離れざるをえない憂き目に遭った。

平助と霧子が知る尚武館佐々木道場は、安永《あんえい》十年（一七八一）三月に解体されて消えていた。

三年半にわたる流浪と姥捨《うばすて》の郷《さと》暮らしのあと、江戸に戻った磐音は、小梅村に新しく、

「直心影流尚武館坂崎道場」

を開いた。

尚武館佐々木道場のあった神保小路の屋敷は、田沼一派の拠点になっていた。その屋敷に、江戸に出てきていた坂崎正睦《まさよし》が田沼一派に勾引《かどわか》され、連れていかれたのは天明《てんめい》三年（一七八三）のことであった。なんと正睦は、旧佐々木邸の離れ屋に監禁されたのだ。そんな曰く因縁がある神保小路の屋敷だった。

小田平助は、佐々木家の後継たる坂崎磐音が小梅村から千代田城近くの神保小路に戻ることができたとき、長年暗闘を繰り返してきた田沼一派との、

「完全なる決着」

がつくと考えていた。そんな思いがあって、ただ今の神保小路の様子を確かめに来たのだ。小田平助が神田川を遡行《そこう》する舟の中で霧子に行き先を話すと、

「小田様、私もご一緒させてください」

と旧尚武館道場を見に行くことを願ったのだ。

坂崎正睦が監禁された騒ぎから一年余しか経ってない。

未だ田沼意知の家臣から旗本に転じた日向鵬齊《ひゅうがほうさい》の屋敷、つまりは田沼一派の拠点の一つと考えてきた。だが、日向鵬齊邸は無人のようで森閑《しんかん》としていた。

「だれも住んでおらんごたる」

平助が呟き、通用戸を押すと、ぎいっ、と音を立てて開いた。

中を覗《のぞ》き、平助は身を竦めた。

「どうなされました、小田様」

「だれもおらんごたる」

同じ呟きのあと、二人は続いて敷地に入った。

わずか一年前、坂崎正睦が囚《とら》われていた屋敷は、廃屋《はいおく》のように荒れ果てていた。

「なんちゅうことやろか」

小田平助の呟きのそばで、霧子は尚武館道場の増改築がなった折りの賑《にぎ》わいを期せずして思い浮かべていた。道場は田沼一派の手で壊され、日向屋敷になった。

そして、その日向屋敷も無人になっていた。

尚武館時代の名残りがあるとしたら、片番所付きの長屋門と長屋、それに磬音とおこんが祝言《しゅうげん》を挙げたあと暮らした離れ屋が残っていることくらいだった。

平助も霧子もしばし、言葉を失っていた。

わずか一年ほどで変貌を遂げたその荒廃ぶりは、家治の信を得て幕府内で絶大な権力を振るってきた田沼意次の凋落のはじまりを意味しているのではないか。

それには田沼意知の死が大きく影響していた。

佐野善左衛門の無謀は計り知れない余波を処々方々に広げていると小田平助は思った。長い沈黙のあと、平助が、

「わしは先生一家が小梅村からこの地に戻られる日を見たか。そんときまで生きて役に立ちたか」

と呟くのを霧子は聞いた。霧子とて気持ちはまったく同じだった。

平助と霧子は四百五十余坪の敷地をゆっくりと見て回った。

日向鵬齊は坂崎正睦を奪還された責めを負って、この屋敷から追い出されたのか。

「小田様」

霧子の密やかな声が平助に注意を促した。

だが、平助も気付いていた。無人と思った日向邸に何者かの気配があった。

平助と霧子は阿吽《あうん》の呼吸でその正体を確かめることにした。

日向屋敷は尚武館のあった場所に建てられたもので、未だ木の香りがしてもおかしくはなかった。だが、無住の建物が荒れるのに歳月はかからなかった。

屋敷の中にいる人物は、台所の裏口から出入りしているらしく、霧子が引き戸に手をかけ、横へ引くと、するりと開いた。台所は住人がいることを示して、汚れた器や貧乏徳利《びんぼうどつくり》が転がっていた。

だが、相手方も平助と霧子の侵入に気付いたか、息を凝《こ》らしてこちらの行動を窺《うかが》っている気配があった。

「日向鵬齊の去ったあと、無住の屋敷に潜り込んだ者がおるたい」

「お菰《こも》さんでしょうか」

「その類《たぐい》なればくさ、見逃すほかはなかろ」

平助が答え、霧子は腰に下げた革袋から鉄菱《てつびし》をいくつか選んで手に隠し持った。わずか六分足らずの小さな鉄菱だが、近くから擲《なげう》てば相手の戦意をくじくには十分だった。

平助は、腰に差した刀より心張棒《しんばりぼう》を得物《えもの》として選んだ。四尺余の心張棒は鍬《くわ》の柄であったか、槍折れの名手の平助にはなかなかの武器となった。

二人して初めて入る日向屋敷だが、さすが老中田沼意次に関わりある者の屋敷だ。柱も梁《はり》も床も頑丈にして重厚な造りだ。だが、無住ゆえに荒れ果てて見えた。霧子は草履《ぞうり》を脱ぎ素足になった。そのほうが動き易く、音が立たないと思ったのだろう。平助は、草履のまま板の間に上がった。

どうやらこの邸宅の住人は奥の間に巣食っているようだ。

「わしが先に行くたい」

平助が霧子に囁き、霧子は頷くと廊下へと回り込んだ。

無住であるべき武家屋敷は、広い書院を中心に造られていた。老中田沼意次の命を受けてのことか。どこもしっかりとした造作で、廻り廊下も幅が五尺余と広かった。

雨戸がすべて閉じられているために廊下は暗い。だが、中庭からの光が差し込んでいたために、百戦錬磨の二人の歩みを阻《はば》むことはなかった。

霧子は、廊下を曲がった辺りで誰かが待ち伏せする気配を感じた。平助も同時に気付いていた。霧子は平助の横手に並びかけると、廊下を物音も立てずに走り、

すうっ

と尻を落として両足を上げる低い姿勢で廊下を滑っていき、次の瞬間、手の鉄

菱を二つ続けて曲がり角の向こうに擲った。

次々に悲鳴が上がった。

「なんだ、亀《かめ》」

と奥から声がした。

武家の言葉ではなかった。

平助が霧子のそばに走り寄ると、着流しの人影が五、六人、中庭を背に立ち、二人の正体を確かめるように見ていた。

「なんだ、おめえらは」

声をかけた男と平助、霧子の間に二人の男が転がっていた。霧子の鉄菱を胸や腹に受けた男らは、どう見ても関八州《かんはっしゅう》で食い詰めた渡世人と思えた。

「親分、痛えよ」

「泣くんじゃねえ、相手は女子と爺だ」

親分と呼ばれた男が言った。

「あんたら、この屋敷の主がだれか知っとるとね」

小田平助が西国訛りで声をかけた。

「無人の屋敷と目星をつけたまでよ。だれが住もうと勝手次第だ」

「そうはいかんと。こりゃな、老中田沼意次様の関わりの御番衆が、今晩から詰めることになっとるとよ。わしらは、先遣隊たい」

平助は虚言を弄《ろう》した。

「なに、老中田沼様の関わりの屋敷だと。嘘八百を並べるんじゃねえぞ」

「それも知らんかったと。日向鵬齊様というてね、こたびの倅様の騒ぎの仇を討つちゅうて、腕自慢の剣術遣いが四十人ほど、もうすぐ来られるとよ。この娘さんの手並みば見たやろ。田沼様の剣術遣いは、わしらと比較にならんほど、きつかと、並じゃなかばい。あんたらがいつまでもここにいると、斬り殺されて井戸に投げ込まれるばい」

平助の出まかせに親分が迷った。

霧子が手に残っていた鉄菱を親分のかたわらの柱に打ち込んだのはその瞬間だ。

びしん

と鈍い音がして鉄菱が突き立った。

親分の身が竦んでいた。

「致し方なか。わしらも仕事たい。本隊が来るまでおまえさん方を足止めばしようかね」

平助が言った途端、
わあっ！

と大声を上げた渡世人の親分らが中庭に飛び降りて逃げ出した。

平助と霧子が小梅村の尚武館の船着場に戻ったのは、暮れ六つ前のことだった。

土手には季助が立っていた。

「霧子さん、結局小田様に付き合わされたか」

と季助が叫び、

「はい」

と霧子が応じるところへ、田丸輝信らが姿を見せた。

「本日、小田平助様は霧子の父親代わりを務められましたか」

「違うばい、輝信さんや。わしに弥助さんの代わりが務まるものかね。霧子さんは年寄りを労《いたわ》って付き合《お》うてくれたと」

と応じた平助が、

「小梅村は変わりなかったと」

と訊いた。

「先生も小田様も留守、いつものごとく静かなものでした」

と答える輝信に神原辰之助《かんばらたつのすけ》が、

「古銭を眼帯代わりにした剣術家が稽古の見物に見えたではありませんか」

と言い出した。

「なんち言うたな、古銭を眼帯代わりにした武芸者が尚武館に来たと。まさか立ち合いなどせんかったやろな」

「先生が留守なのです。さようなことが許されるはずもありません。それに熱心にわれらの稽古を見ていかれただけです。小田様、承知の方ですか」

「なにもなかならよか」

はっ、と小田平助は気付いた。

磐音らが三年半の流浪の旅から戻ったとき、丸子《まりこ》の渡し場に平助は迎えに出向いた。

その折り、両国橋で待ち伏せしていた眼帯の武芸者は土子順桂吉成と名乗らなかったか。磐音の命を貰いうけると言わなかったか。さらに磐音がこの場で立ち合うかとの問いに、『そなたとの戦い、明日になるか三年後になるか、それがし、考えもつかぬ』とも答えたはずだ。

「そん武芸者の眼帯は、銭貨の寛永通宝やなかな」

「小田様、ようご存じですね」

平助の背筋に悪寒が走った。

あの土子順桂が尚武館に姿を見せたとしたら立ち合いしかない。だが、その人物は大人しく稽古を見物して尚武館を去ったという。

田沼意次の意を汲《く》んだ刺客の土子順桂吉成が小梅村に姿を見せて、なんの騒ぎもないわけがない。言葉を失った平助を尻目に輝信が、

「さすがは佐々木玲圓様の後継坂崎磐音どのが道場主だけござるな。直心影流恐ろし、とつくづく思い知らされながら稽古を拝見させてもろうた。坂崎どのによしなに伝えてくれぬか」

とその武芸者が言い残し、

「姓名の儀はいかに。先生にそなた様のことを尋ねられしとき、われら、どう答えれば宜しゅうござるか」

利次郎が尋ねたが、

「それがしの名など無用にござる」

と応じた武芸者はさっさと尚武館を辞去した、と説明した。

小田平助は茫然《ぼうぜん》と輝信の言葉を聞いていた。

「ともかくえらく熱心にわれらの稽古を見ていかれました。なかなかの遣い手と、それがし睨《にら》みましたがな。名を聞けばきっと、来歴が知れる剣術家でありますまいか」

輝信が答えたが、平助は黙したままだ。

(あやつの名は、土子順桂吉成たい。天真正伝神道流《てんしんしょうでんしんどう》師岡一羽《もろおかいっぱ》の高弟、土子土呂《どろ》助《のすけ》の血筋のもんたい)

だが、はっきりとしたわけではない。門弟衆を騒がすことはないと平助は口を噤んだ。

二

弥助は伊賀を出ると関宿に戻り、土山《つちやま》、水口《みなくち》を抜けて近江草津《おうみくさつ》に出た。琵琶湖《びわこ》の東岸を守山《もりやま》、彦根《ひこね》、北国《ほっこく》街道を長浜《ながはま》、北庄《きたのしょう》、小松《こまつ》と経て加賀《かが》国金沢《かなざわ》を目指す。海沿いにひたすら北上した。

弥助の頭には奈緒の手助けをすることしかない。

磐音が奈緒を助けたくとも、ただ今の江戸から動けないことを弥助は承知していた。ならば磐音の悩みの一つを解消する手助けをするまでだ、と城中での刃傷騒ぎで務めを果たしたあと、弥助は思いついた。そして藪之助の供養のため伊賀へ向かう道中でその思いを強くした。もっとも弥助は一度として奈緒に会ったことはない。だが、奈緒が磐音の幼馴染《おさななじ》みであり、許婚であったことを承知していた。そして、磐音の気持ちを察して動いた。

昔の伊賀庭番時代の御用の経験を生かして、一気に北国街道をひた走った。一日二十里から二十五里を進むことを念頭に、ひたすら足を動かし続けた。

北国街道は初夏の季節を迎えていた。このことが幸いした。疲れを覚えれば、地蔵堂などを借りて休み、また走った。

奈緒を探し出せるかどうか、何の保証もない。だが、それを考えるよりも磐音の難儀を一つでも取り除こうとひたすら出羽国山形を目指した。

関宿の飛脚屋で磐音に宛てて、断りもなしに小梅村を出たことを詫び、用が済んだので出羽国山形に向かうと記した短い書状を託した。これだけで磐音は、弥助の本意を察してくれるはずだと思った。

短い休息をとる以外は昼も夜も前進した。それが己に課せられた使命だと信じて体を酷使した。だが、弥助の体には、伊賀庭番の血が流れていた。限界を超えて体を使い切る教えが叩き込まれており、それが伊賀者の本能と合わさって、弥助を奈緒のもとへと衝《つ》き動かしていた。

磐音は空也、辰平、利次郎と白山に迎えられ、須崎村にある竹屋ノ渡し場に着くと、

「父上、やくそくをおぼえておられましたね」

と空也が最後の渡し船に乗った父親に嬉《うれ》しそうな声をかけた。

「そなたとの約定、忘れはせぬ」

「るすちゅうに武左衛門《ぶざえもん》様がみえて、男はそとに出れば七人のてきがおるのだ、空也さんや、父上にはその倍、いや十倍のてきがいよう。やくそくごとなどあてになるものかと言われました」

「七人の十倍の敵とは言わぬが、あれこれあってな。空也との約束を守るのも難儀であったぞ」

と磐音が答えるとかたわらの北尾重政が、

「おお、他人の子供は日に日に大きくなるものじゃな。なかなか聡明そうな子に

育っておるではないか」

と言った。

「父上、どなたにございますか」

「このお方か。北尾重政様と申されて、そなたの母も承知の浮世絵師じゃ。関前の爺上と婆上が小梅村を去る折り、別れの宴にもおいでくださった。そなた、覚えておらぬか」

「あの日はたくさんのお客様でございました」

北尾の記憶がないのか空也が首を横に振った。

「本日、下谷広小路で声をかけられ、なぜか父についてこられた。しばらく尚武館に居候したいそうじゃ」

「えっ、北尾重政といえば有名な絵師ではございませんか。たしか若かりし頃のおこん様に錦絵を描かせろと言うて、撥《は》ねつけられたと聞いた覚えがございますが」

利次郎が驚きの声を上げ、だれにとはなく訊いた。

「おお、そなた、わしの名を承知か。あの折り、おこんさんには手酷《てひど》く断られた」

と北尾重政があっさり答え、

「呆れた」

と利次郎が叫び返し、磐音を見た。

「利次郎どの、いささか理由《わけ》があってな、家には戻られぬそうな。尚武館のどこぞに北尾どのが寝起きできる場所はござらぬか」

「弥助様がただ今留守をしておられますゆえ、長屋に一つ空《あ》きがあるにはあります。ですが、弥助様が戻られたら厄介です」

利次郎が北尾を見た。

「先のことはそのときに考えようではないか。おこんに願うて弥助どのの長屋を北尾どのの寝場所といたそうか」

磐音はまず北尾の寝起きする場所の目処《めど》をつけた。その上で空也に、

「本日は変わりなかったか」

「お客様がございました」

空也の言葉に磐音が問いを返した。

「片目に古銭の眼帯をされた剣術家か」

「あのお方、父上の知り合いにございますか」

「そなたはそのお方と会《お》うたことがある」

「空也がですか」

「覚えておらぬか」

　空也が首を振り、辰平を見た。

「尚武館には初めてのお方かと思います。たしかに、片目を銭貨で塞がれた剣術家にございました」

　辰平が、道場主の留守の間に見知らぬ武芸者に稽古を見物させたのはまずかったかと案じ顔をした。だが、尚武館は、初めて訪ねてきた剣術家でも礼儀を心得た者ならば勝手に見物を許す仕来りだった。だが、この日の磐音は、稽古を黙って見物した武芸者に拘《こだわ》っていると辰平は感じた。

「先生に断りもなく稽古を見物させたのは、それがしの判断でございました。お許しください」

　と詫びる辰平に、

「辰平どの、それはようござる。その場に小田平助どのはおられなかったか」

「小田様は霧子とともに出かけておられました」

　磐音が訝しく思っていたことが消えた。

「ならばそなたらの判断は正しゅうござった」

「先生、あの人物をご存じですか」

「土子順桂吉成どのと申される。天真正伝神道流の師岡一羽先生の流れを汲む武術家にござる」

と磐音は辰平に告げると、空也に、

「姥捨の郷から江戸に戻った折り、両国橋で待っておられた土子どのと空也は会うたことがある。そなたは幼かったゆえに記憶にないのであろう」

と念を押した。

しばし考えた空也が首を横に振った。

あの折り、空也はまだ三歳であった。

その上、夜旅をして小田平助に多摩川の丸子の渡し場で迎えられ、駕籠《かご》で朝まだきの両国橋に着いたところだった。幼い空也が土子順桂を記憶しておらぬのは無理からぬこと、と磐音は得心した。

「母上が待っておられよう。戻ろうか」

渡し場のある須崎村から小梅村の尚武館までは数丁ある。

磐音は空也の手を引いて歩き出した。

「先生、師岡一羽様を承知なのでございますか」

利次郎が屈託《くったく》のない声で尋ねた。

「利次郎どの、古《いにしえ》の剣術家です」

「直《じか》に承知ではないのですね」

「ない、ござらぬ」

「あの土子どのと申されるお方、なかなかの剣の腕前と推察いたしましたが、いかがですか」

「当代屈指の剣術家と思われます」

「空也様は覚えておられませぬが、なにか曰くでもおありなのでございますか」

「われらが流浪の旅から江戸に帰り着いた折り、神奈川宿からそれがしとおこん、空也が道を外れて、丸子の渡し場で小田平助どのに迎えられたことを覚えておられよう」

田沼一派の待ち伏せを警戒して、神奈川宿から磐音とおこんと空也の身代わりを立てた。身代わりは品川柳次郎《しながわりゅうじろう》、お有《ゆう》、そして空也役には柳次郎の甥《おい》が扮《ふん》して、六郷の渡しの乗合船に乗った。一方、磐音一家は丸子の渡しで小田平助の出迎えを受けて、江戸に無事に戻ってきたのだった。

「もちろんにございます」

「その折り、両国橋に田沼意次様の刺客が待っていたと話さなかったか」

はっ、とした辰平らの足が止まった。そして、

「なんということをなしたか」

と辰平が己を責める言葉を吐いた。

「辰平どの、何事もなかったのじゃ。このことはあとで話そうか。まずは北尾どのの一件をおこんに願うてみるか」

と磐音が言い、空也の手を引いてふたたび歩き出した。

その途中、小田平助と霧子が血相を変えて走ってくる姿が目に留まった。

「先生、すまんことをしてしもうた。先生の留守に出かけとった」

「平助どの、事情は分かりました。そのことはあとで」

磐音の態度はいつもと変わりなく平静だった。

「なにやら騒ぎが起こったようじゃな。尚武館にさらに興味が湧《わ》いた」

北尾重政が霧子の紅潮した顔を見て呟いた。霧子が、

(何者か)

という顔で睨んだ。

北尾重政は坂崎正睦と照埜《てるの》の別れの宴に招かれていた。だが、門弟にも霧子にも、その折りは強い印象は残さなかったようだ。北尾もまた門弟や霧子とは初対面の顔付きで、

「これほど野性味を帯びた美形は江戸にはおらぬ。坂崎さん、この北尾重政、久しぶりに絵を描く感興が湧いてきた」

と磐音に話しかけた。

「北尾どの、命あっての物種にござる。決して霧子を錦絵に描こうなどと思われないことです」

「危ない娘か。危ない女子はお延でこりごりじゃ」

と磐音にも分からぬことを呟いた。

「霧子にはすでに二世《にせ》を誓うた門弟がおります。その者が許しますまい」

「ほう、この女子、霧子というか。名まで並の女子とは違うておる。ますます面白いではないか」

「霧子、我慢せよ。先生とおこん様の古い知り合いじゃそうな。北尾重政どのというてな、江戸でも名高い絵師だ」

磐音に代わって利次郎が答えた。

「絵師、にございますか」

霧子が、尚武館にはあまり馴染みのない風采と形《なり》を見た。

「霧子、大かた借金取りにでも追われて、昔の知り合いの先生に庇護《ひご》を願おうという厚かましい御仁であろう」

「当たりだ、仁王さんや」

北尾が利次郎の大きな体を見て言った。

「この重富利次郎どのが霧子と所帯《しょたい》を持つ相手です。北尾どのがおこんを口説《くど》いたとき、肘鉄《ひじてつ》を食らわされた程度では済みませんぞ。二人を相手にするのは、なかなかの腕前の剣術家でも至難です」

磐音が笑った。

「ふーん、仁王さんが亭主になるのか」

「北尾どの、それよりも、二人の前に許しを乞う相手がいるのではござらぬか」

「おこんさんか、こちらが一番の難敵じゃな。ひたすら乞い願うしかないか」

いつもは周りを和《なご》ませてくれる西国訛りの小田平助も口を噤んだままだった。

磐音はそのとき、小田平助が霧子を伴い、どこへ出かけたのか、とちらりと思った。

一行はすでに尚武館の門前まで戻っていた。すると田丸輝信や季助とともにお杏《きょう》と早苗《さなえ》が立っていた。二人の女衆《おんなし》は門弟らに夕餉の仕度ができたことを告げに来たのか。

「うむ」

こんどは北尾重政がお杏と早苗を見て、嘆声を洩らした。

「尚武館は男くさい道場と思うておったが、何人も若い娘がおるではないか。それも揃《そろ》いも揃って鄙《ひな》に稀《まれ》なる美形ときておる。坂崎さんや、そなたは白鶴太夫とも関わりがあり、おこんさんを嫁にしたばかりか、今もかように若い女子を周りに侍《はべ》らせておるのか。武骨な剣術家がどういうことだ」

しれっとした顔付きで北尾重政が尋ねた。

お杏と早苗はどう対応してよいか分からぬようで黙っていた。辰平が北尾の口撃から守るように、お杏のかたわらに静かに歩み寄った。

「北尾どののように邪《よこしま》な気持ちがそれがしにはないゆえです」

「わしに邪な気持ちじゃと。絵師じゃぞ、ただ美人画を描きたい一念だけじゃ、それを邪というか。そなたが剣一筋に生きた結果、老中田沼意次、意知父子と戦う羽目になったのと同じことだ。純粋な生き方をしようとすれば、なにかしら波風が立つものだ」

「思い出しました」

「なにを思い出したのだ」

「北尾どのと出会うた頃のことです。浅草聖天町裏の長屋に画房を設けておられた。あの折りも、小手斬り左平次《さへいじ》こと地蔵谷無伝《じぞうだにむでん》に脅されて、裏手にある大根畑に逃げ隠れたことがございましたな」

「昔のことをほじくり出したな」

「そのあとのことです。北尾どのを訪ねるたびに、いつも違う若い女子衆を相手に絵を描いておられた。それがし、絵師とはどのような人物かと驚かされてばかりでござった」

磐音はその女子が肌脱ぎだったことは皆の前で言わなかった。

「坂崎さんはわしが描く女子には見向きもせなんだな」

「生きんがためにあれこれと動き回っておった頃です。他所ごとに関心など持つ余裕はございませんでした」

「坂崎さんは昔も今も他人のために汗をかく損な性分であったな。そのお蔭で、ただ今かような美しき女子が周りに集まっておるのか」

北尾重政がお杏を見た。するとかたわらにはお杏と早苗を北尾から守るように辰平が厳しい眼差《まなざ》しで立っていた。辰平のその眼差しは北尾重政を記憶していると言っていた。

「坂崎さんや、この女子衆もかたわらの鍾馗《しょうき》様の嫁になるのだと言いはすまいな」

「北尾どの、大当たりです。お杏さんはいかにもわが門弟松平辰平どのの嫁になる女衆です」

「なんだか美人島を訪れたはよいが、どれにも怖い相手がついておるということか、つまらん」

「浅草阿部川町のお宅に戻られますか。渡し船はなくなりましたが、吾妻橋を渡れば戻れます」

「坂崎さん、世間の荒波にもまれたとみえて人が悪くなったのではないか。昔はそんな意地の悪いことは決して口にしなかったものだ」

「ふっふっふふ」

と磐音が笑い、

「致し方ございませぬ。まずは母屋に参り、おこんに会うてくだされ」

「借金取りを相手にするより手強《てごわ》い相手が最後に控えておるな」

と北尾重政が覚悟を決めてぼやいた。

磐音が仕舞い船で戻ってくると約定していたので、この日の夕餉は長屋の小田平助や辰平ら住み込み門弟も一緒に母屋で食べる予定であった。ために賑やかになった。

おこんは磐音が伴った北尾重政を見ても、

「あら、お珍しいお方が」

と応じただけで、磐音が、

「当分、わが尚武館に居候をなさりたいそうじゃ」

と言うのへ、おこんが、

「お杏さん、霧子さん、早苗さんは、私の妹、娘同然の方たちです。絵筆の餌食《えじき》にしようなど考えないことです。そのことを約定していただけるなら居候を許します」

理由も問わずにあっさりと答えた。

「おこんさん、助かった。いやな、ただ今の心境を正直に申し述べれば、地獄で仏に会うた気持ちでな。借金取りと比べれば、皆の衆の冷たい眼差しくらいは我慢できる。おこんさん、なんでも手伝うでしばらく居候をさせてくれ」

「江都で名高い絵師の北尾様に尚武館の手伝いなどさせる気はございません。最前約定したことをお守りくださるだけで結構です」

「すまぬ。考えてみれば、江戸の中でこれほど安全な場所はないからな。剣術遣いがうようよといるところは、江戸広しといえどもそうはあるまい。しかもその師は先の西の丸様の剣術指南ときた」

正直安堵《あんど》した様子が言葉にあった。

お杏と早苗が手伝い、利次郎ら門弟衆も加わったので、北尾重政の膳《ぜん》を加えて瞬く間に夕餉の場が設《しつら》えられた。

その間に磐音は仏間に入り、佐々木家の仏壇に手を合わせた。するとおこんが着替えを持って姿を見せ、

「弥助様から文が届いております」

と書状を差し出した。

磐音は今日いちばんの朗報が届いたと先祖の霊に感謝した。

(書状が届くということは、未だ小梅村には戻らぬということであろうか)

弥助の書状を披《ひら》いた。

東海道関宿の飛脚屋の店先で筆を借りて認《したた》めたという文には、磐音が驚くべきことが書いてあった。

「弥助様は用事を済まされたのでございますね」

「それについては触れておられぬ。じゃが、新たな地に急ぎ向かわれたのは、このたびの城中での行動に決着をつけられたからであろう」

磐音の言葉に頷いたおこんが、

「弥助様は新たな地に参られたのですか」

「出羽国山形の奈緒どのの暮らしぶりを確かめに行かれるそうな」

おこんが磐音を見た。その顔には亭主が願ったことではないと書いてあった。

「なんとまあ、江戸にも戻らず、いきなり東海道関宿から出羽国山形でございますか」

「おこん、それがしが江戸を動けぬことを知っておられるゆえ、その代わりをと思われたのであろう」

「弥助様は奈緒様の山形の住まいはご存じありますまいに」

「弥助どのは公儀の密偵だった方じゃぞ。山形の紅花商人前田屋《まえだや》内蔵助《くらのすけ》どのの内《ない》儀《ぎ》だった奈緒どのを探すことくらい朝飯前であろう。それに弥助どのは、今津屋を通して送った金子の行く先が山形城下の両替商であることを承知しておられる。未だ山形領内に奈緒どの一家がおられるならば、必ずや力強い味方になってくだされよう」

磐音は女衒の一八の考えで奈緒らが山形を動いていなければよいがと、そのことを案じた。

三

北尾重政という突然の客が加わったこともあり、久しぶりに賑やかな夕餉になった。夕餉が終わったのは五つ半（午後九時）の刻限で、北尾重政の泊まり場所となる弥助の長屋へ門弟衆が北尾を伴っていった。

おこんらと女子衆は、後片付けをなした。

空也と睦月《むつき》は寝に就いた。

四つ（午後十時）の刻限、ようやく平静に戻った母屋の居間に、辰平、利次郎に小田平助、霧子ら尚武館の運命をともにしてきた「身内」が改めて集まった。

おこんと早苗、お杏がお茶を淹《い》れて落ち着いたところで、

「本日はいろいろと出来事が生じた。ゆえにいささか遅い刻限じゃが、話しておきたいことがござる」

と磐音が切り出した。

「弥助どのから文が届いておる。霧子、読みなされ」

磐音に宛てられた文を霧子に渡した。一瞬読んでよいかどうか迷った霧子は、師が元気であることを知りたくて書状に目を落とした。

霧子は、雑賀衆蝙蝠《こうもり》組から切り離されて神保小路の佐々木家に連れられてきたとき、ほとんど無学であった。磐音とおこんが所帯を持って尚武館に入って以降、おこんが毎日霧子に読み書きを教え込んだので、最近では師匠の書状を読み下すくらい難なくできた。

霧子が顔を上げて磐音を見、短い書状を丁寧《ていねい》に畳むと、磐音に返した。

「弥助どのは用を無事済まされたようじゃな」

「はい」

書状を受け取った磐音の言葉に霧子が安堵の顔で頷くと、利次郎が、

「用とはなんでございましょうか」

と二人に尋ねた。

「利次郎さん、行き先しか書いてございません。ですから私には答えようもございません」

と霧子が言うのへ、

「先生もご存じないのか」

と利次郎が念を押した。

「ございません」

と霧子が一存で言い切った。霧子は、行き先も目的もしばらく黙っていたほうがよいと考えたのだ。

「ただ元気とあるだけか」

霧子の視線が磐音に向いた。

「利次郎どの、ご一統、弥助どのは無事に私用を果たされた」

と磐音が答え、霧子が答えなかったことを口にした。

「弥助どのは、ただ今、出羽国山形に向かっておられる」

「えっ、山形ですか」

利次郎が驚きを見せた。

「弥助どのはそれがしの気持ちを斟酌《しんしゃく》なされ、前田屋の奈緒どののもとへ向かわれている。なんぞ手助けが要るかどうか、わが目で確かめに行かれたのでござる」

「先生の命ではないのですね」

「皆も承知のように、弥助どのはそれがしにも娘同然の霧子にも一言も言い残されず密かに小梅村を発たれました。おそらく弥助どのは胸の懊悩《おうのう》と折り合いをつけられたとき、この書状を小梅村に宛てて書かれたのでござろう。その上で、それがしが江戸から動けぬゆえ、坂崎磐音が果たすべきことを代わりになそうと山形行を考えられたと思えます」

「胸の懊悩とはなんでございましょう」

「利次郎、先生も霧子もご存じなきことだ。それ以上の詮索は失礼だぞ」

辰平の言葉に利次郎が顔を見返したが、それ以上なにも言わなかった。

田沼意知が城中で佐野善左衛門から刃傷を受けたとき、速水左近の供として弥助が城中に潜入していたことを尚武館の一部の者は察していても、佐野が意知刃傷に使った刀が松平定信に借り受けた粟田口一竿子忠綱であったことや、それを弥助が佐野家から持ち出した刀とすり替えたことまでは知らなかった。

このすり替えがなければ、佐野の行動の背後に松平定信が控えていることが城中に遍《あまね》く知られることになったであろう。となると、若年寄刃傷沙汰は幕府を大きく揺るがす騒動に発展することは間違いなかった。

その御用を果たすために、弥助が城中において昔仲間を殺めたようだという推量は、隠し持っていた遺髪を手に弥助が忍び泣いているところを霧子が見たことによるものだった。それを霧子が磐音に話したことで推量されたことだ。ゆえにこの一件も、磐音と霧子しか知らなかった。

あの日の弥助の城中での行動は、磐音をはじめ尚武館のだれもが知らぬこととして守り通さねばならない秘事中の秘事だった。

磐音も霧子も弥助の先祖の出が伊賀であることを承知していた。

遺髪は東海道関宿に近い伊賀のどこかの寺にて供養されたのだと、弥助の書状を読んで二人だけが感じ取った。そのことを詮索すれば、城中の弥助の行動に触れることになるのだ。

「そうか、弥助様は山形に行かれたか」

利次郎が呟き、

「われらになんぞできることはございましょうか」

と磐音に尋ねた。

「前田屋の奈緒どののことは、まずそれがしが動かねばならぬことにござる」

「そうよ、坂崎磐音が、幼馴染みであり、許婚だった奈緒様と内蔵助様の遺されたお子に力を貸すべきことよ。だけど、今はなんとも時節が悪いわ。亭主どのも動きがつかないものね」

おこんの口調はさばさばとしていた。

深川六間堀《ふかがわろっけんぼり》に生まれ育ったおこんは、今津屋に奉公し、その後、磐音に出会ったことで大身《たいしん》旗本速水家の養女になり、佐々木家の養子になっていた磐音に嫁いだのだ。奈緒と磐音が許婚だった事実をとうに乗り越えたおこんにはこだわりがない。

「そういうことじゃ、おこん」

と磐音が応じ、

「弥助どのはそれがしの気持ちを察して動かれたのだ。有難くお受けするしかない」

と自らに言い聞かせ、話題を変えた。

「さて、それがしが留守の間に尚武館に稽古見物と称して参られた土子順桂吉成どののことじゃが、川向こうの渡し場で会い、言葉を交わした。ゆえにそなたらが尚武館に招《しょう》じ入れたことはなんら間違うてはおらぬし、案ずることもござらぬ。土子どのは一廉《ひとかど》の武芸者である」

磐音は師岡一羽について知っていることを辰平らに語り聞かせた。この知識は両国橋で土子順桂に待ち伏せされたあと、少しずつ調べたことだった。

〈常陸《ひたち》国江戸崎というところに師岡一羽という兵法の名人あり。いにしえの飯篠《いいざさ》長威入道《ちょういにゅうどう》にも劣るべからずといいならわす〉

と古書『早雲記』に出てくる。

天正《てんしょう》の頃（一五七三〜九二）の剣術家の姓は師岡、名は常成《もりなり》、通称平五郎《へいごろう》。主家が没落したのち、飯篠山城守家直《やましろのかみいえなお》を流祖とする神道《しんどう》流を学んだ。その後、独創の剣技を加えて一羽流を創始した。

「この師岡一羽には、土子土呂助、岩間小熊《いわまおぐま》、根岸兎角《ねぎしとかく》なる三人の剣術界に名を残す弟子が生じたことで、師岡一羽流は、武名を挙げた。土子順桂どのは、土子土呂助様の血筋と考えられる」

と土子順桂吉成の出自を語った磐音は、

「この人物と初めて会うたのは、われらが丸子の渡し場で密やかに平助どのに出迎えられた折りじゃ。その頃辰平どのらはわれら夫婦になりすました品川柳次郎、お有夫婦と甥御どのとともに六郷の渡しから江戸入りされたはず。土子順桂どのは、われらの詐術をなにゆえ気付かれたか、独り両国橋で待っておられた。それも、それがしの命を絶つことを前もって知らせるためにな。それだけに、土子順桂どのの力量は並外れたものでござろう。本日もまた、両国橋の念押しと言うべきか、次なる機には武芸者同士での尋常なる勝負をと改めて願われた。もはや土子順桂どのは、田沼意次様の刺客ではのうて、一人の剣術家としてそれがしの前に立ちたいとの申し出であった」

と竹屋ノ渡し場での会話を一同に告げた。ただし田沼の心中を示す言葉は口にしなかった。

「なんとも御念の入った剣術家たいね」

小田平助が洩らした。

「それがしには重ね重ねの丁寧さが、先生に対して失礼千万、傲岸不遜《ごうがんふそん》な所業かと存じます。戦いたければ、そう申したときに刀を抜き合えばよいことです」

辰平が珍しく強い言葉遣いで言い切った。

「辰平、それくらい鼻っ柱が強うのうては、剣術家坂崎磐音先生と雌雄を決したいとは思うまい」

利次郎が応じ、磐音は小さく首肯した。

「土子順桂どのが戦いの日を告げてこられる。その折り、それがしはその場に立つのみ」

磐音は、土子順桂に日にちを決めさせる代わりに、磐音が戦いの場と立会人を指定する約定をなしたことを皆には告げなかった。

「馬鹿げた話よね。なぜ斬り合いをしなくてはならないのか、私には分からないわ。坂崎磐音というお方の嫁になったとき、それなりに覚悟はしていたけれど、まさかこのようなことが次から次へと起ころうとは考えもしなかったわ」

「すまぬな、おこん」

磐音の顔には微笑《ほほえ》みが浮かんでいた。

「これ、磐音。女房のこんの言葉を軽々しく受け止めないでもらいたいわ、真剣なんですからね。空也を侍にするかどうか、未だ迷っているのよ。時に空也と睦月を連れて金兵衛《きんべえ》長屋に戻りたくなる私の気持ちも分かってほしいわ」

おこんが伝法《でんぽう》な深川口調で言い、お杏の困った顔に気付いて、

「お杏さん、辰平さんの嫁になったからといって、なにも私たちを真似なくてもてい

いんですよ。辰平さんには仕官などさせないで、博多《はかた》で商人修業させるほうがよほど気持ちは落ち着きますよ」

「はっ、はい」

と慌《あわ》てて返事をしたお杏だが、

「ですが、なぜかおこん様は、言葉とは裏腹にただ今の暮らしに満足しておられるようです」

と言い添えたものだ。

その場に笑いが起こった。

「先生、わしと霧子さんから一つだけ報告があると」

笑いに乗じてその場の話題を転じようとしたか、小田平助が言い出した。

「わしが本日尚武館を留守にした一件たい。なんとのう、神保小路の様子ば見とうなってくさ、霧子さんと一緒に訪ねたと」

思いがけない平助の言葉に、一同に驚きが走った。

「田沼意知様の家臣であった旗本日向鵬齊どのの屋敷でございますな」

「それがくさ、無人の荒れ屋敷に変わっておったと」

と前置きした平助が日向屋敷での出来事を細かく語った。

「なんと、流れ者が居座っていましたか」

と磐音が呆れ、

「父上をあの屋敷に監禁した上、われらに奪い返されたことを、田沼様父子に咎《とが》められ、日向どのは追い立てられたのであろうか」

と呟いた。

「小田様と屋敷を見回りながら、私どももそう考えました」

と霧子が応じ、

「日向某《なにがし》はたしかに田沼意知様の家臣じゃったな。そいをたい、直参旗本に代え、家治様の家臣にした上にくさ、都合が悪うなったたっちゅうて、またどこぞに放逐しよる。田沼政治の横暴極まれりたい」

と平助が嘆いた。

くそっ！

と思わず罵《ののし》り声を洩らした利次郎が慌てて、

「失礼いたしました」

と一座に詫び、

「かようなことならば、なにもわざわざ尚武館を壊さなくてもよかったではないですか。さらに金と力に飽かせて新しい屋敷を造り、己の家来に住まわせる。そして無人の廃屋にしようとしおる。やることが分からん」

と嘆いた。

「一年前に建てられた屋敷とは思えぬほど荒れてはいましたが、しっかりとした造作でした」

「霧子、そなたはなぜ神保小路を覗きに行くような気になったのだ」

「それは小田様にお尋ねください。私は小田様をお送りする舟の上で行き先を聞き、同道をお願いしただけですから」

霧子が利次郎に応えた。

一座の注意が平助に向けられた。その平助が困った顔をして、

「最前も言うたやろうもん。なんとのう、どげな具合やろかと覗きに行っただけたい」

「なんとなくですか」

「辰平さん、そう問い詰めんでくれんね。本心を洩らすとたい、こたびの一件で田沼一派がくさ、ちっとうでんくさ、変わっとらんやろかと眺めに行ったと」

「平助どの、それだけでございますか」

「ううーん、困ったばい。こんどは先生の追及ね」

「追及などしておりませぬ。平助どのの胸の内が知りたかっただけにござる」

磐音の穏やかな口調に平助はしばし沈黙した。

「こん小田平助、余計なことを考えたと。佐々木玲圓先生の後継たる坂崎磐音様がくさ、神保小路にふたたび戻ることがあるとしたら、田沼様との戦いにたい、勝ちを得たときと考えたと。そして、空也様が磐音先生の跡を継がれて千代田城近くで公方《くぼう》様の家来やらたい、大名家の家来衆に直心影流を教えることが、本来の道と考えたと。そげんことが頭に浮かんでくさ、先生が出かけられたあと、わし独りで覗きに行こうとしたと」

「そしたら霧子が加わったのですね」

「利次郎さん、そげんことたい」

しばしその場に沈黙が訪れ、一同思い思いに平助の言葉を噛《か》みしめていた。

磐音は佐々木家に伝えられた秘命のためにも、佐々木道場の継承者たる磐音が神保小路に戻ることが大事と考えていた。だが、この場の者たちは磐音と志と行動をともにしてきた面々ながら、佐々木家に伝えられてきた「秘命」までは知らなかった。それでもこの場のだれしもが心の内で、神保小路の地で、

「直心影流尚武館道場再興」を果たすことをいちばんの大事と考えていた。

「平助どの、いかにもさようです。そのために戦いを続けねばなりません」

磐音の言葉に一同が無言で頷いた。

「いささか遅い刻限になりました。本日はこれで散会いたしましょうか」

磐音が話し合いの終わりを告げた。

「先生」

迷い声で霧子が磐音の名を呼んだ。

「まだなにか報告があるのか、霧子」

利次郎が険しく変わった霧子の顔を見た。

「お願いがございます」

磐音は霧子を見て、しばし沈思し、

「山形に参りたいと言われるか」

と霧子の気持ちを斟酌した。

「いけませぬか」

「はて、どうしたものか」

「霧子、そなた、奈緒様のことをよう知るまい」

利次郎が霧子に尋ねた。

「ならば利次郎様は奈緒様のことを承知なのですか」

「知らぬ。じゃが、どのような曰くのお方か承知しておる」

「わが師匠弥助様とて奈緒様の来歴は知っていても、直に会われたことはございません。それでも出先から山形に向かわれたのです。その師匠の気持ちに添いたいのです。いけませんか」

「だれがいけないと言うた。だがな、霧子、いささか僭越《せんえつ》なことのような気がしてな」

「奈緒様が先生の許婚であったことを言うておられるのですか」

「そういうことだ」

おこんが磐音を見て、

「坂崎磐音と小林《こばやし》奈緒様が許婚であったことは変えようもない事実です。だけど豊後関前藩のお家騒動にからんで、お二人は別々の道を歩くことになられた。独り関前城下を出られた奈緒様は吉原に辿りつき、ついには太夫にまで上り詰められた。そして、白鶴太夫、いえ奈緒様は、山形の紅花大尽前田屋内蔵助様に落籍《ひか》され、出羽に嫁がれました。坂崎磐音については、一々話す要もないわね。別々の道をお互いが歩き出して長い歳月が過ぎてみると、奈緒様が血を分けた姉か妹のように私には思えるの。わが亭主どのとて同じ気持ちでしょう。一度は奈緒様一家を助けるために山形に行かれたこともありましたからね」

としみじみ言い出した。

「今さら利次郎さんに説明することでもないけど、うちの一家はお節介なの。人の苦しみを見逃せない気性《たち》なの。弥助様も旅の地から山形に向かわれた。そして、弟子にして娘同然の霧子さんが、親同然の弥助様を助けたいと思う気持ちは、とてもよく分かるような気がするの」

利次郎に向けて切々とおこんは話した。それは己の気持ちを説得するような話しぶりでもあった。そして、尋ねた。

「どうかしら、亭主どの」

「霧子が山形に発つのを快く許せというのか」

「はい」

おこんの問いに磐音が間を置いた。

「それがしの胸にある奈緒は幼い折りの顔だ。われら二人をだれの考えか、別々の道へと誘《いざな》ったのだ。天命《さだめ》が別々の暮らしを立てよとな。そのことを弥助どのも承知ゆえ、それがしに代わって山形に走られたのだ。その師を助けたいという霧子の気持ちをおこん、拒めようか」

磐音の言葉で霧子の山形行が決まった。

四

翌日の昼下がり、磐音はふたたび外出《そとで》した。今津屋に行くとおこんに告げての他出だった。

本日は徒歩で隅田川の左岸を下り、吾妻橋で浅草へ渡る心積もりだった。すると大風呂敷の荷物を負った品川柳次郎とばったり会った。破れ笠《やれがさ》で陽射《ひざ》しを避け、脇差《わきざし》だけを差した姿だ。両手にも風呂敷包みを提《さ》げていた。

「おや、坂崎さん」

「問屋に品を納めに参られますか」

「虫籠《むしかご》です。代々の御家人が一家四人、奉公人も雇えず一家全員での内職暮らしがわが家の実態です。在所から逃散《ちょうさん》した人々が江戸に流れ込むもので、われらの競争相手が増えて、内職の手間賃は下がる一方です。母上からは、長年の付き合い、手間のかかる虫籠造りの技に値をつけよ、と問屋の番頭に言うてこいと命じられたのですが、さようなことは言えませんよ。ならば、他所に頼みますと言われて終わりです」

柳次郎がさばさばした顔で言った。

磐音は友が持つ風呂敷包みを手に取った。大きくかさばった包みは軽かった。それが手間賃を表しているように思えた。

「幾代《いくよ》様のお怒りはごもっともです」

「天明の改革とやらはどこへ消えたのでしょうね」

「はて」

磐音にもだれにも答えられないことだった。

「坂崎さんはどちらにお出かけですか」

「今津屋に、ちと訊きたいことがあって出て参りました」

「それはご苦労なことです」

磐音と柳次郎は吾妻橋を渡ったところで別れた。ふたたび両手に風呂敷包みを提げた柳次郎は広小路裏の問屋に向かい、磐音は御蔵前《おくらまえ》通りを南へと向かうためだ。

菅笠で陽射しを避けながら磐音はひたすら南進した。

御米蔵のある一帯は札差《ふださし》が軒を連ねていた。いつもなら武家方の用人や出入りの米屋の番頭などで賑わう刻限だった。だが、どことなく閑散としていた。

幕府では江戸に流れ込む飢民《きみん》のために米価引き下げを督励していたが、効き目は一向になかった。ところが佐野の刃傷騒ぎのあと、なぜか米の価格が落ちたために、佐野善左衛門を世直し大明神と奉る風潮が江戸で蔓延《まんえん》していた。

だれもが一時の米価下落と佐野善左衛門の騒ぎに因果などないことを承知していた。ともかく札差の店先はなんとなく活気がなかった。

一方江戸の後背地の関八州では、徒党を組んだ百姓らによる一揆《いっき》や打ちこわしが流行《はや》っていた。

江戸ではなんとか町奉行所が力で抑え込んでいた。だが、幕府が効果的な施策を打ち出さないかぎり、江戸にもその騒ぎが伝播《でんぱ》するのは目に見えていた。

浅草橋を渡ると、両国西広小路に入っていった。

江戸の両替商を束ねる今津屋の店先は、それなりに立て込んでいたが、銭緡《ぜにさし》など銭両替の者の姿が多かった。

今津屋のような大店《おおだな》の両替商は、金銀が騰落《とうらく》するのを利しての商いが主だ。この本両替《ほんりようがえ》は、額面と時価との差額を引き換えの際に取得して利を稼ぐのだ。さらに蓄財した金子を幕臣や大名家に貸し付けて利を得ていた。

磐音も今津屋と長い付き合いでこのことを承知していた。だが、今津屋では利の大半を本両替で得ていたが、銭両替の小両替をもおろそかにしていなかった。庶民の暮らしや商いに直結するからだ。

本両替の客の姿が少ないように見受けられた。刻限のせいだろう。

「おや、坂崎様」

「いささか尋ねたきことがあって伺いました」

「箱崎屋《はこざきや》さんなら、そろそろ博多に着かれたというて、返事がある頃と思うておりますがな」

「いえ、箱崎屋どのの話ではございません」

と返事する磐音を由蔵《よしぞう》は店座敷に誘った。

店座敷から奥を見ると、今津屋の跡取りの一太郎《いちたろう》や弟の吉次郎《きちじろう》の声もせず、いつもよりも静かな様子だった。

「吉右衛門《きちえもん》様はお留守ですか」

「気が付かれましたか。主《あるじ》ご一家は、大山詣《おおやまもう》でのついでにお佐紀《さき》様の実家の小田原を訪ねられたのでございますよ。そのあと、箱根の湯で英気を養うことになっております」

「おお、それはよい」

今津屋は主の吉右衛門がいなくとも、老分《ろうぶん》番頭の由蔵が目を光らせているので、商いも奥も盤石《ばんじゃく》だった。

「いえね、田沼意知様の死が政局にどう作用するか、いささかも摑めません。ただ親父様の意次様の絶大な力に陰《かげ》りが見えてきたのは確かです。ですが、すぐに大きな動きがあるとも思えません。かような折りは右往左往しても百害あって一利なしでございましょう。そのようなわけで、奥ではしばらく江戸を離れることを決められたのです」

「それはよい思案です」

とふたたび答えた磐音は、

「由蔵どのも、この不安定な局面はしばらく続くとお思いですか」

「続きましょうな」

金融の動きを毎日見ている両替商の大番頭が磐音の問いに応じた。

「ですが、大きな流れからいけば、もはや田沼様の時代は終わったとみてようございましょう」

とさらに言い切った。

願望を込めてのことか、と磐音は思った。

田沼時代の終焉《しゅうえん》がいつか、半年後か三年後か、それが不分明であった。未だ将軍家治の絶大な信頼が田沼老中にあるからだと磐音は考えていた。

「坂崎さん、本日はどのような御用でございますな」

「弥助どののことです」

「弥助さんがどうなされました」

磐音は田沼意知の騒ぎが一段落した頃、弥助がだれにも言わずに小梅村を出ていった経緯《いきさつ》から、東海道関宿の飛脚屋から書状をよこした理由、その内容を由蔵に語った。

「弥助さんは、若先生と、いや、今では先生でございましたな。佐々木玲圓様、おえい様が亡くなられて何年も経つというのに、つい若先生と呼んでしまいます」

「尚武館でも近頃、だれかが音頭をとったとみえて、それがしをようやく尚武館の先生と認めてくれたようで、磐音先生と呼ぶようになりました。由蔵どの、それがし、気が付けばもうすぐ不惑にございます」

と苦笑いする磐音に由蔵が頷き、

「話を戻しますかな。坂崎磐音様と弥助さんが初めて会われた折り、弥助さんは公儀の密偵であったとお聞きしたように思いますが」

お互い信頼し合った者同士の会話だ。隠しごとはなかった。ゆえに磐音が首肯し、言葉を継いだ。

「こたび弥助どのは、それがしの命で城中に忍び込み、大役を果たしてくれました。由蔵どののゆえお話ししますが、佐野様を助けるためではございません。佐野様の刃傷により迷惑を蒙るお方を助けるためです。その折り、弥助どのは昔仲間に遭遇し、戦う羽目になったと推測されます」

「弥助さんが生き残り、役目は果たされた。騒ぎが少しばかり落ち着きを見せたところで、手にかけた朋輩《ほうばい》の遺髪をどこぞ、所縁《ゆかり》の地に納めに行かれたのですな」

おそらくは、と磐音は答え、

「弥助どのの先祖の地の伊賀は東海道関宿に近うございます」

「伊賀に参られましたか」

「はい。そこで菩提を弔われたのち、胸中にあったもう一つの企てに取りかかられました」

「もう一つの企てとは、先生の命にございますか」

磐音が首を横に振り、

「弥助どのは突然出羽国山形に向かう気持ちが生じたか、あるいは、江戸を発つ以前からそのことを考えておられたか。ともあれ、弥助どのは山形に向かわれました」

「ということは、前田屋内蔵助様のお内儀、奈緒様を助けるためでございますな」

由蔵の問いに磐音が顔をこくりと動かし、

「弥助どのは、先祖代々伊賀者の血筋、当人も物心ついたときから密偵として生きる修行をしてこられたはずです。その弥助どのが、前田屋のことを、奈緒どののただ今の暮らしを知らずして、山形に走られるとも思えません」

「いつぞや奈緒様に、両替商を通じて金子をお送りしたことがございましたな。その山形の両替商の名を、弥助さんがうちに聞きに来られたのではないかと考えられたのですな」

「はい」

「いささか軽率でございましたかな。弥助さんがうちにお見えになったのは、まだ田沼意知様の死が世間に公表されてない三月の終わりの頃、吉原会所からの急ぎの問い合わせがあったとかで、でもあいにく先生は不在のため弥助さんがうちに尋ねに見えられた、とそんなことがございました」

「やはり」

「並のお客様に商い上のつながりなど、洩らすようなことはいたしませぬ。坂崎様のお身内同然のお方の言葉に疑いもせず、山形の商売仲間、雄物屋《おものや》幹左衛門《かんざえもん》様の名をお答えしました。この雄物屋さんに、坂崎様が用立てられた七十五両の金子に旦那様のお許しを得て二十五両を足した百両の為替《かわせ》を送った折り、奈緒様に金子が届いたことを密かに知らせてくれるよう書状にも認めました。そのことも弥助さんに話してしまいました。迂闊《うかつ》でございましたな」

　由蔵が詫びた。

「由蔵どの、詫びる要はございませぬ。弥助どのは、それがしの気持ちを斟酌し、行動に移されたのです。幕府の密偵であったお方です。当然、江戸でなすべき調べはつけて山形に行かれたと考えられます」

「当然、弥助さんは吉原にも行き、奈緒様の様子を伺うておられましょうな」

「間違いござらぬ。それがし、吉原会所の園八《そのはち》どの、千次《せんじ》どのと一度山形に向かったことがございます。また近頃では吉原に関わりの深い女衒の一八という人物が奈緒どの一家とつながりを持っております。ゆえに奈緒どのの近況は一八どのを通してのものでした。ただ今も一八どのは出羽国に行かれております」

磐音の言葉に由蔵が沈思した。そして、口を開いた。

「前田屋内蔵助様のご一家のことですが、私も雄物屋の番頭兼蔵《かねぞう》さんへ書状で問い合わせ、つい先日も、奈緒様と遺されたお子たちが領内を転々として借金取りから逃げておられるとの文を頂戴《ちょうだい》しておりましたがな、そのことも弥助さんに伝えて、先生への言付けを願いました。もしや、弥助さんはそのことがあったゆえ、山形行を決められたのではございませんか」

弥助はそのことを磐音に伝えなかった。このことを磐音に伝えたとしても磐音が身動きつかないことを弥助は承知しており、供養旅のあと己一人で行動すると決めたのではないか。

「おや、弥助さんは坂崎様にそのことを伝えられませんでしたか」

「それがしは一八どのから、奈緒どの一家が苦境にあることは知らされておりました。弥助どのは、なんとなくそのことを察して、己一人での行動を決したのでございましょう」

なんと弥助さんが、と呟き由蔵は長いこと沈黙を続けた。

「まさか奈緒様ご一家が借金取りの手に落ちたということはございますまいな。いや、そうだとしたら、雄物屋の兼蔵さんがうちに知らせてきますでな」

と自問自答しながら由蔵が自らの気持ちを落ち着かせた。

「私どもが送った金子の残金は、雄物屋が預かっているのでございましたな」

それは去年の末、天明三年（一七八三）師走《しわす》のことだった。

「いかにもさようです。奈緒様は、暮らしに要る費《つい》えだけを時折り雄物屋に受け取りに来られるそうな。領内を逃げ出すことを決心されたとしたら、全額を受け取りに雄物屋を訪ねられましょう。そのことを雄物屋が知らせて来ぬところを見ると、奈緒様とお子たちは未だ無事に領内におられるということです」

磐音は由蔵の言葉に小さく頷いた。

「弥助さんが山形に向かわれたのは、奈緒様方にとって心強いことですぞ、坂崎様。とはいえ、女衒の一八さんと二人で奈緒様一家を山形領内から無事に出せるかどうか」

「霧子を今夜にでも山形に向かわせます」

「それなら、私が雄物屋の番頭さんに書状を認めますので、それを持たせてあげてください。しかし、ただ今の尚武館から弥助さんと霧子さんが欠けることは、大きな戦力を失うことでございますがな」

磐音は老中田沼意次一派との決着がつかぬ以上、江戸を離れることはできなかった。奈緒一家の苦境が磐音の心を煩《わずら》わせていると考えた弥助が、それゆえ己一人でなんとかしようと山形に向かったのだ。そして霧子が、師であり親代わりの弥助を助けんと江戸を離れたいと申し出た。

「由蔵どの、よう事情が分かりました」

「一八さん、弥助さん、霧子さんの働きを願うしかございませんな」

由蔵の念押しに磐音は大きく頷いた。

ただ今佐々木家の後継たる磐音がとるべき道は一つだ。江戸にいて老中田沼意次の動きを見守るのが務めだった。

掌中の珠の嫡子《ちゃくし》、若年寄意知を殺された田沼意次は、

「手負いの虎」

だった。それも絶大な権力を未だ保持した巨大な虎だった。

「坂崎様に申し上げるのも憚《はばか》りながら、ここは私情に負けることなく、御大将は泰然自若として目の前の敵に向かい合うべきときです。田沼様は、百八十余年の幕府の中でも一、二を争う強《したた》かな老中です。倅意知様を佐野様に殺されて黙っているわけがない。新番士佐野様の背後に控えるだれかが使嗾したと考えておられるはずです。近頃では城中で言葉をかける幕閣もおられぬとか、そんな風聞も流れてきます。となれば田沼様は、孤独に耐えながら必ずや反撃の刻《とき》を窺うておられます」

磐音は黙って頷いた。

「坂崎様、山形の一件で一つだけ打つ手があるやもしれませぬ。それにはいささか仕度が要ります。江戸でなんぞできるかどうか、数日時を貸してくださいませぬか」

江戸の両替商を束ねる両替屋行司今津屋の大番頭がなにかを思いついたように言い、

「坂崎様、奈緒様のお気持ちが今一つ確かめられませんが、奈緒様方はもはや山形領内に住み続けることは無理と考えて宜しいのですな」

と尋ねた。

「はい。一八どのの話を聞いても、山形に留まるのは無理かと存じます。おそらく奈緒どのは江戸か、豊後関前に戻り、一家が暮らしていくことを考えておるのではないかと思います。関前は、奈緒どのにとって父祖の地であり、遺恨の地です。過日、福坂実高《ふくさかさねたか》様より、小林家の再興は無理じゃが、城下に暮らすことは許すとのお言葉を頂戴いたしました」

「私も先生からそうお聞きしました。余計なことですが、山形がそうであったように、関前も江戸に比べれば小さな城下でございましょう。さような土地で、後家になられた奈緒様が三人の幼いお子を育てていかれて、静かな暮らしが立つものでしょうかな」

磐音はわずかひと月前、奈緒に書状を認め、なにかなすべきことはないかと問い合わせていた。だが、その返事は未だなかった。

磐音は奈緒の先々までを考えられずにいた。

「なんぞ知恵がございますか」

「私が考えますに、この江戸で生計《たつき》を立てるのがいちばんようございましょう。なにより幼馴染みの先生がおられる。おこんさんとてすべての経緯は承知で、奈緒様のことを分かっております。きっと奈緒様の大きな助けになられますよ」

「まずは江戸に出てくるのが先でございます」

「ですが、その仕度を今からしておいても早過ぎることはございますまい。先生、お見せしたいものがあるのですがな」

と由蔵が言い切り、なにかを持ってくるのか立ち上がった。

磐音は長いこと待たされた。

「歳を取るといけませせぬな。どこに仕舞ったのか、二、三日前のことが思い出せませぬ。ようやく見つけました」

と由蔵が急いで認めたらしい一通の書状とともに、一本の組紐《くみひも》を磐音に指し示した。

おこんから渡された二十両の路銀を懐に入れた霧子は、その夜のうちに小梅村から姿を消した。

利次郎はその気配を寝床の中で感じ取っていた。隣の辰平が、

「霧子、行ったな」

と呟いた。

「寝ていたのではないのか、辰平」

「弥助様への、霧子の気持ち、その気持ちを慮《おもんぱか》る利次郎の心中を思うと、眠れるものか」

「朋輩じゃな」

「朋輩ではない、われら、一つ家の身内じゃ」

「いかにもそうであった」

「利次郎、過日、先生とおこん様がわれらに祝言をせよと命じられた。当初、ついにわれらに巣立てと命じられたのではないかと思うておった」

「それがしもそう考えた」

「違うたな」

「違うたとはどういうことか」

「一家ならばどこにいても繋がっていよう。離れていても、喜びも哀しみもともにするのが身内ではないか。尚武館の戦いは若年寄田沼意知様が亡くなられても続く。ゆえにわれらも尚武館になにかあれば、いざ鎌倉と馳せ参じることになる。小田様はそのことを考えられたゆえに、神保小路、佐々木家の城を確かめに行かれたのだ」

「弥助様と霧子の山形行は、尚武館の使命と関わりがあるというのか」

「ないと思えばない。だが、ないようである。おれはそう思う」

辰平の言葉に利次郎は、ただ夜道を駆ける霧子の身を案じた。そして、

（必ず無事に戻ってくるのじゃぞ）

と胸の中で念じた。

第三章　婿選び

一

翌日の昼下がり、磐音は仙台堀《せんだいぼり》の伊勢崎町《いせざきちょう》にいた。

南に仙台堀、北側は下総関宿藩《しもうさせきやど》久世《くぜ》家の下屋敷で、広大な久世家の敷地内には湧水《ゆうすい》を湛《たた》える大小いくつもの池があって、南にある池からの清らかな水が伊勢崎町を抜けて仙台堀に流れ込んでいた。

伊勢崎町は、寛永年間から元禄《げんろく》にかけて材木問屋が材木置き場として使っていたが、元禄十三年（一七〇〇）に川舟方手代、同心らに土地を下げ渡した。さらに正徳《しょうとく》三年（一七一三）に町奉行支配となり、地所を町人に貸し出すことになった。

だが、この界隈に河岸地もなく不便なために借り受ける者がいなかったという。そこで地主が申し合わせ、仙台堀沿いの拝領地を五間ほど下げて河岸道《かしみち》ができた。そして、今から七十年ほど前に久世家から流れ出す清水の岸辺に紅花の染やができた。

初代本所篠之助《ほんじよしののすけ》が始めた紅花の染色工房は、ただ今では三代目篠之助が跡を継いでいた。

流れの縁《ふち》に柳が植えられた河岸道で磐音は菅笠を脱いだ。

「ご免くだされ」

磐音は馴染みの深川六間堀からさほど遠くない伊勢崎町に紅花の染やがあるなど、これまで気付きもしなかった。

千本格子《せんぼんごうし》の向こうで四人ほどの職人が黙々と組紐を編《あ》んでいた。昨日、由蔵が磐音に見せた組紐と同じものだった。

(おや、こちらは染めだけではないのか)

と磐音は思った。この本所篠之助方では、紅花の染めから始まって、二代目からは自らが染めた絹糸を使い、江戸城や神社で使う道具の組紐や、衣冠束帯《いかんそくたい》の御紐などを造っているのだ。

「本所篠之助どのはおられようか」

磐音が声をかけると、四十過ぎと思《おぼ》しき男が、

「へえ、わっしが篠之助にございますが」

と応じて磐音を見た。そして、

「なんと、その昔、深川六間堀の金兵衛長屋に暮らしておられた浪人さんではございませんか」

と磐音の過去を言い当てた。

他の職人らは磐音に会釈をして、ふたたび自分の務めにもどっていた。それだけ親方の躾《しつけ》が厳しいのであろう。その場には、穏やかながらもきりりと引き締まった静寂と緊張が漂っていた。

「いかにも金兵衛長屋に住まいし、宮戸《みやと》川《がわ》の鰻《うなぎ》割《さ》きで生計《たつき》を立てていた浪人の坂崎磐音にござる」

「ただ今は小梅村に尚武館坂崎道場を開いておられ、金兵衛さんの娘のおこんさんがお内儀でございましたね」

「いきなり路上で丸裸にされたようで、いささか恥ずかしゅうござる」

磐音は困った顔をした。

「どうぞ、お座りになってください」

　仕事場の隅にきちんと重ねてあった藺草《いぐさ》の座布団を一枚、篠之助自らが磐音に差し出した。

「邪魔をいたす」

　磐音は腰の大刀を鞘ごと抜くと上がりかまちに腰を下ろし、篠之助親方と向き合った。

　今津屋の老分番頭由蔵が磐音に「会うてみなされ」と教えたのが、対面する本所篠之助であった。その折りの由蔵の口上は、

「紅花は女子衆の紅や染めや顔料として多く用いられております。ために江戸でも紅花に関わる店や職人が多くおります。坂崎様が住まわれていた六間堀に近い仙台堀にも紅染やがあるんですよ。どうです、一度ご覧になっては。親方は三代の中で名人と呼ばれるほどの腕前だそうです」

　というもので、その場所を書いた紙片を磐音に持たせたのだ。

「先の西の丸徳川家基様の剣術指南にご出世なされたと聞いて、わがことのように喜んでいたのですがね」

「人間万事塞翁《さいおう》が馬、人の禍福《かふく》と吉凶ばかりは見えぬでな。今考えると、この界

隈の裏長屋住まいで鰻を成仏《じょうぶつ》させておったときが、いちばん穏やかだったような気がいたす」

磐音の言葉に篠之助が笑い出した。

「田沼様に尚武館佐々木道場が睨まれたとか嫌われたとか、江戸を離れてご苦労をなさったようですが、坂崎様の仰るとおり、また風向きが変わってきますよ」

篠之助が言外に、意知の死で田沼時代が終わると言った。

「これ以上、さして望みもござらぬ。ゆえに風の吹き具合が変わったところで、さほどの変わりはなかろうと存ずる」

静かに頷く親方のかたわらで職人らが黙々と組紐造りを続けていた。

組紐は神事や儀式の道具に用いられるだけに、造られる組紐の色合いに気品が感じられ、職人の丁寧な一挙一動にその心意気が表れていた。

「当代一の剣術家と評判の坂崎様が紅染やなんぞになんの御用でございますか」

「常々面倒をかけておる両替商今津屋にて聞いて参った」

まず磐音はこちらへの口利《くちき》きの人物を告げた。

「さようでしたか。大店の老分番頭さんが紅花に関心を示しておられるとは、仲間から聞いたことがございます。その折り、両替屋行司の今津屋さんが紅染やなんぞを乗っ取ったって銭金になるものでもなしと思ったりしたんですが、坂崎様が御用でしたか」

篠之助親方が冗談まじりに言った。

ということは、由蔵はだいぶ前から奈緒一家が江戸に出てきたときのことを想定して、暮らしなどを密かに考えてくれていたのだ、と磐音は篠之助の言葉に改めて気付かされた。

「紅染やは儲けにはなりませぬか。されどそなた方の顔付きを見ておると幸せそうに見ゆる。生涯この職に託す覚悟と誇りが滲《にじ》み出ておられる」

「坂崎様、紅染やを褒《ほ》めに参られましたか」

と応えて、しばし磐音の表情を見ていた親方が、

「そなた様が剣術に生涯をかけられるのはなんのためですな」

と反問した。

「矛先《ほこさき》がこちらに向いたか。その問いの答えは、易しいようで難しゅうござる。口にすると嘘になりそうでな。ただはっきりとしていることがござる。それがしが生涯かかって極めようとする頂《いただき》は、死の刻まで努力したとしても手が届くまいということにござる。先が見えぬゆえ、生涯をかけて挑み続けておるのであろう

な」

磐音の言葉に篠之助親方が大きく頷いた。

「わっしらもまた紅花の染めを続け、組紐を編み続けておりますが、決してその出来に満足しているわけじゃございません。紅特有の赤を染めたと思っても、その先には次の難関が待ち受けているんでございますよ。それほど紅の赤を品よく染め、組紐にすることは容易ではございません。奥が深いのです。わっしは未だ紅の真の赤とはなにか迷っております。だからこそ毎日こうして仕事を繰り返しておりますのさ」

磐音は親方の言葉に同意するように大きく頷いた。そこへ奥から若い弟子が茶を運んできた。

「造作をかけて相すまぬ」

弟子は磐音に会釈を返すと奥へ引っ込んだ。

寡黙《かもく》ながら親方の意が弟子たちに浸透していた。

篠之助が茶碗《ちゃわん》に手を伸ばしたので磐音も茶を馳走になることにした。

初夏の光の下を歩いてきたので温《ぬる》めに淹れられた茶が甘く感じられた。

「それにしても、坂崎様がわっしらの仕事に関心があるとは、なんとも解せませんな。なんぞ尚武館で組紐が要りますので」

「いや、武骨な剣術家の道具に、そなたらが組む御紐の要りようはござらぬ。紅花にいささか関心がござってな」

「紅花にございますか」

　篠之助親方が首を傾げた。

「親方、女子にも紅花に関わる仕事が務まろうかと考えて、こちらを訪ねて参ったのでござる」

「どなたか知り合いに紅花に関心を持たれた女子衆がおられますので」

「その者に直に意思を尋ねたことはござらぬ。要らぬ節介でな」

「ほう、要らぬ節介ね。六間堀界隈では、人情家の浪人さんのことは今でも有名でございますよ。たしか宮戸川の職人の一人も、そなた様の口利きで宮戸川に弟子入りしたんでございましたね」

「幸吉《こうきち》どのは、それがしが深川暮らしを始めたときの師匠であった」

「幸吉さんの幼馴染みの娘が縫箔《ぬいはく》の女弟子になったのも、そなた様の手蔓《てづる》でございましょう」

「調べがよう行き届いておるようじゃな」

磐音は苦笑するしかなかった。

「この深川界隈はすぐに話が伝わる土地柄でございますよ。坂崎様、腹を割ってお話しになりませんかえ」

「仕事の邪魔をしておきながら、見物に来たでは済まぬ話にござるな。親方、それがし、紅花の畑を見たことがござる。出羽国山形であった」

磐音の言葉に、篠之助がしばし考えていたが、はた
と思い当たった表情を見せた。だが、そのことを口にせず、

「紅花畑はいかがにございましたか」

と磐音に問うた。

「そなたらが生涯をかけるほどの紅花じゃ。これらの組紐もあの紅花が生み出すかと思うと、あの折り見た景色が忘れられぬ」

と磐音は親方が組みかけていた組紐の品のいい色味と組み上がりに視線をやった。

磐音が奈緒を訪ねて出羽山形まで吉原の若い衆二人と出かけたのは、吉原会所の頭取四郎兵衛《しろべえ》の願いを受けてのことだった。だが、はるばる出羽国に辿り着い

たというのに、奈緒は紅花畑で磐音に背を向けたまま顔を見せようとはしなかった。その背に磐音は声をかけたのである。

奈緒は幼馴染みで許婚の磐音の助けをよしとせず、独り磐音を残すと紅花畑へと姿を消したのだった。

あのときの切なさは目に焼き付いた紅花の色とともに、今も磐音の胸の底に刻みつけられていた。

あのときから六年の歳月が流れていた。

奈緒の気持ちが奈辺《なへん》にあるか分からないまま、由蔵も磐音も動こうとしていた。

「それがしが紅花畑に独り立ち竦んでおったとき、どこからともなく紅花の手入れをする老婆の声が聞こえたのだ。『半夏《はんげ》一ッ咲きの紅花は、なあんも捨てるどごねえだな』と自分に言い聞かせるような言葉がな。鮮やかな黄色の紅花畑を吹き渡る風に乗って伝わってきたあの言葉が忘れられぬ」

「坂崎様、いかにも紅花は捨てるところはございません。比べようもないが、魚の鮟鱇《あんこう》と同じでございますよ、人間にすべてを捧げ尽くすのが紅花であり、鮟鱇です。だからこそ徒《あだ》やおろそかな仕事はできないんでございますよ。紅花ができる山形なんぞでは、葉や茎を乾かして煎《せん》じ薬として飲まれます。間引いた紅花は、茹《ゆ》でて食することができます。種は油にもなる。そして、なにより、わっしらが世話になる染料や顔料として、いい風合いの紅色を生み出してくれます」

磐音の知識を補ってくれた。その言葉の中になんとなく磐音の用件を察している気配が感じられた。

「坂崎様、わっしら染め職人の仕事を大きく分けますと、藍染め、紅花染めに分けられるかと思います。藍染めは紺屋《こうや》と呼ばれる職人衆の手で木綿《もめん》糸を染めます、これがまた相性がよろしいのでございますよ。だから、藍色に染めた木綿で織る仕事着、普段着と用途が広うございます。一方、わっしらが扱う紅花染めは、絹に染めつくためにこの界隈の職人衆やおかみさんの着るもんじゃねえ。坂崎様が見られた鮮やかな黄色からどうしてあの赤に染まるのか、不思議でございますよね。色を染めて難しいのが赤でございます。この紅の赤は高貴な色として、上《うえ》つ方《かた》や神事に用いられる衣装なんぞに使われます。ここで編んでおる組紐も、裏長屋住まいには縁のない染めなんでございますよ」

篠之助は立ち上がると、土間に下りた。

「うちの初代がこの地に紅染やを構えたには理由《わけ》がございましてね、久世様のお屋敷から流れ出る水が、なんとも紅花の染めに適しておるのでございますよ」

篠之助は磐音を外へと誘った。

流れはせいぜい三間ほどの幅だが、清らかな水が静かに瀬音を響かせて仙台堀へと流れ込んでいた。久世屋敷の白壁の下から流れる水で夏鴨《なつがも》のひなが母鴨と一緒に泳ぐのが見えた。

篠之助と磐音はしばしそんな流れに目を預けていた。

「坂崎様、女子衆が職人仕事に不向きというのは、男の理屈にございますよ。縫箔の名人江三郎《こうざぶろう》親方も、深川育ちのおそめちゃんを弟子にされたではございませんか。男でもだめなものはだめ、女子衆でも手と気を抜かずに努めれば、名人上手になる者もおりましょう。それが証《あかし》に織物は女が機《はた》を扱います」

磐音は得心しながら篠之助の言葉を聞いていた。すると篠之助が磐音の迷いを察して踏み込んできた。

「坂崎様、山形の紅花大尽前田屋内蔵助様が不幸に遭われ、お店が潰れる羽目になったと、わっしも耳にいたしました。前田屋さんは、わっしらの大事な取引先にございました。坂崎様がうちにおいでになったわけは、前田屋さんの一件と関わりがあるんじゃございませんか」

「親方、すまぬ」

「なにも坂崎様が詫びられる話ではございませんや」

篠之助が言い、さらに念押しした。

「前田屋内蔵助様のお内儀は、吉原で一世を風靡《ふうび》した白鶴太夫でございましたね」

「承知でござったか。隠すつもりはなかったのだが、最前も申したように当人の意思を確かめておらぬゆえ、迂遠《うえん》な話になってしもうた」

「前田屋奈緒様が江戸に出てこられるのでございますか」

「最前も申したが、前田屋奈緒どのの考えは聞いてはおらぬ」

「それでも坂崎様が奈緒様のために尽くされるのはなぜでございますな。いや、僭越なことをお尋ねいたしました。ただ今の言葉は忘れてくだせえ」

「親方、話そう。それがしと小林奈緒どのは西国のある藩に生まれた者同士であった。奈緒どのはそれがしの許婚であった」

磐音は胸の中で呟いた。

(上意討ちであれ、奈緒の兄の小林琴平《きんぺい》を斬ったのはこの坂崎磐音。それがしが生涯負うべき罪である)

と。

「そんな噂を聞いたことがあります。やはり真のことでございましたか」

「それがしがまだ若かりし頃、奈緒どのに困ったことがあればどのようなときでも助けに参ると約定いたした。だがその約定も、藩騒動により反故《ほご》になり、われらは別々の道を歩く運命《さだめ》になった。ふたたび関わりを持ったのは、奈緒どのが吉原に売られてきた折りだ。だが、もはや会える間柄ではなかった」

「まさか坂崎様からさようなことまで聞かされるとは思いもしませんでしたよ。白鶴太夫として吉原の頂点に立った奈緒様が紅花大尽に落籍されたと聞いたとき、わっしらは前田屋の内蔵助様も白鶴太夫から前田屋の内儀になられた奈緒様も、幸せになられるとばかり思っておりました」

「だが、奈緒どのの前にはまだ苦難の壁が待っておった」

「それで坂崎様は、江戸に来られる奈緒様の暮らしが立つようにと、わっしのところに参られましたか」

「甘い考えであったかな」

「お若い頃の約定を果たそうとなさる侍が、当節どこにおられましょう」

「親方、それがし、この江戸を離れられぬのでござる」

「だれもが承知のことですよ。片や老中田沼意次様を向こうに回して長年の戦いをしてこられ、もう一方では幼馴染みの苦境を助けようとなさっておられる。尚武館道場の主どのに悩みは尽きませぬな」

篠之助が微笑んだ。職人の険しい顔に笑みがよく似合った。

「坂崎様、そなた様の幼馴染みのお考えがはっきりとしたとき、及ばずながらこの本所篠之助がひと肌脱ごうじゃございませんか。わっしにできることがあれば相談に乗ります。それで宜しゅうございますか」

このとおりじゃ、と磐音は篠之助に頭を下げた。

「金兵衛さんが、うちの婿《むこ》どのはいつもただ働きだと嘆いておりますが、他人様を慮り、力になってくださるお方はそうはいませんや。坂崎様、おこん様に宜しく伝えてくだせえ」

本所篠之助方を出た磐音は仙台堀から小名木川《おなぎがわ》に出て、自然と足は六間堀沿いの河岸道を歩いていた。

馴染みの町に戻ってきたようで、磐音は舅《しゅうと》であり四軒の長屋を差配する金兵衛の家に立ち寄ることにした。すると、

「おや、珍しい人が姿を見せたよ。浪人さんはさ、御三家の紀伊様だか尾張《おわり》様だ

かの剣術指南、六間堀の裏長屋などには足が向かないやね」

水飴《みずあめ》売りの五作《ごさく》の女房おたねが嫌味を言った。だが、顔は嬉しそうに笑み崩れていた。

「おたねどの、無沙汰《ぶさた》をして相すまぬ」

「いいってことよ。浪人さんよ、おめえさんはただ今大変な最中だろうが。金兵衛さんもよ、昼下がりに、おれが行かなきゃ話にならねえみたいな顔で、小梅村に出かけていったぜ。今晩は坂崎さんのところに泊まりだね」

長屋から顔を出した五作が言った。

「それならば、それがしも急ぎ戻ろう。ああ、そうじゃ、長屋に変わりはないであろうな」

「変わりねえよ。しいて言やあ、幸吉がさ、いつになったらおそめちゃんが戻ってくるのかって、たびたび長屋に面《つら》出しちゃあ、ぐずぐず言うのが煩《わずら》わしいくらいだ」

「それに付け木売りのおくまさんが腰が痛いってんで、平井村《ひらいむら》の倅のところに行ってさ、留守しているくらいかね」

「早晩、長屋を出てさ、倅のところに世話になるんじゃないか。変わったことといえばそれくらいだ」

という五作、おたねの夫婦と別れて磐音は、今や深川名物になった鰻処宮戸川に立ち寄り、親方の鉄五郎《てつごろう》や幸吉と立ち話をして小梅村に戻った。

夕暮れ前のことだった。すると道場に険しい緊張が漂っていた。

二

磐音は門を潜ったところでしばらく立ち止まり、様子を窺った。

白山も訝しげに小屋の前で道場の気配を見ていた。

磐音は白山の頭を撫《な》でると、静かに道場の玄関へと歩み寄った。すると小田平助の声が聞こえてきた。

「おかしな話たいね。あんたさんの孫娘の婿ば選ぶとにくさ、なんでうちの門弟衆が勝負せななららんと。他流試合は怪我ばするとよ、死ぬかもしれんとよ。婿選びくらい自分で勝手にやんない。分からん話たいね」

「いや、分かり易い話ではないか。直心影流尚武館坂崎道場といえば江都一の道場じゃ。その道場の高弟と対決させて力を見る。分かり易い、実に分かり易い話じゃ」

　としわがれ声が平助の言葉に応じた。声から推測して古希《こき》に近い年齢と推察された。その声の主が苛立《いらだ》つように言い足した。

「そのほう、それがしがここまで説明しても分からぬか。道場主の坂崎磐音をこれへ出せと最前から申しておるではないか。そなたでは話にならん」

「最前から何遍も言うちょろうが。先生は本日他出しておられると。また出直してこんね、爺さん」

「うむ、そのほう、それがしを爺さんと呼んだか。それがし、鹿島神陰流《かしましんかげ》の祖松《まつ》本備前守《もとびぜんのかみ》様の血を引く卜部《うらべ》沐太郎忠道《もくたろうただみち》なるぞ。東国一の流儀を密かに継承する卜部忠道を蔑《さげす》みおるか」

「蔑もうなんて思うちょらん。相手するこん小田平助も、こん道場じゃくさ、爺さんたい。あんたはそん平助よりだいぶ年上たいね。立派な爺さんと違うとね」

　小田平助の声がうんざりしているところをみると、だいぶ押し問答が繰り返されている様子だった。

　備前包平《かねひら》を腰から抜いて利き腕の右手に提げた磐音は、式台《しきだい》から廊下に上がり、

「帰りが遅うなりました」

と道場に声をかけて驚いた。

見所《けんぞ》に白髭白髪《しらひげはくはつ》の老武芸者が座し、そのかたわらに、まるで雛《ひな》人形のように顔立ちの整った娘が控えていた。十四、五か。娘は手にした小さな舞扇《まいおうぎ》を無心に弄《もてあそ》んでいた。

さらに見所下には七人の武芸者が門弟然として神妙な顔で居並んでいた。七人の大半は十八、九歳と思える若武者から二十三、四歳か。一人は三十をいくつか越えていると思われた。

いずれも鍛え抜かれた修行者の体付きをしていた。

磐音は奇妙な感じを持った。

七人が沈黙を守っているからというのではない。七人全員の顔に表情がなく、能面のような顔をしていた。そして、老武芸者卜部某と小田平助の問答にさえ関心を寄せていないように見えた。赤子のまま育ったような娘もまた、その場の雰囲気に超然として座していた。

道場の見所一帯に奇妙な気が漂っているのだ。卜部忠道の顔だけが上気していた。

そんな奇妙な訪問者の一団を、道場に立った小田平助が独りで応対し、松平辰平や重富利次郎ら門弟衆は娘の美貌に惹きつけられながらも、うんざりとした表情で問答の行方を見守っていた。

「おお、先生が帰ってこられたばい。爺さん、わしが言うたやろが。坂崎磐音という御仁、だれからも逃げも隠れもせんとよ。本日は他出をなさっておられたと」

平助が老武芸者卜部某に言い、磐音に視線を向けて、

「留守中にすまんことでした。なんやら知らんがたい、気付いたらこん人たちがくさ、見所に座っておられたと」

と磐音に言い訳した。

「それは気の毒なことでございましたな」

磐音が長閑《のどか》な口調で平助に話しかけ、

「ご老人、それがしがこの尚武館道場の主、坂崎磐音にござる」

と声をかけると卜部が、
じろり
と磐音を睨み返した。

白髭の中の老武芸者の顔はしわくちゃで、だが、その分、胸に秘めた闘志がめ

らめらと燃え盛っていた。それは邪《よこしま》な考えを磐音に想像させた。声だけで想像したよりも老いていた。七十をいくつか越えた頃合いか。

「お待たせ申しました。なんぞこの坂崎磐音に用事がございますか」

「最前から縷々《るる》この在所訛りの小男に説明しておる。もう一度繰り返せというか」

平助がなにか言いかけたが、磐音に任せるように口を噤《つぐ》んだ。

「はい。それがし、ご覧のとおりただ今他出から戻ったばかり、事情が分かりかねます」

「話が分かれば、この卜部沐太郎忠道の要望をしかと受けるな」

「ご要望の内容が知れぬゆえ、なんとも返答のしようがございません」

「そのほうまでぬらりくらりと話を躱《かわ》しおるか。それがし、鹿島神陰流卜部派の血筋を絶やしてはならぬ使命を課されておる。ゆえに孫娘のひなに婿を迎え、その者にわしの跡を継がせるべく、七人の門弟を連れて江戸に出て参った。何軒かの道場を回ったが、どこも見かけ倒しの道場ばかり。その折り、耳にしたのが、何年も前に亡くなられた西の丸徳川家基様の剣術指南、ただ今では御三家の紀伊藩で剣術指導をしておるという坂崎磐音、そなたの名じゃ。ゆえにこちらに伺うた」

卜部忠道老が滔々《とうとう》と述べ立てた。

「まさか七人の門弟衆が、そなた様の孫娘ひな様の婿候補というわけではございますまい」

「わが流儀は強きをなによりも貴ぶ東国一の鹿島神陰流卜部派である。それがしの弟子の中でもこれはと思う七人を選び、この七人の中でいちばん強き者がひなの婿になり、鹿島神陰流卜部派を継ぐ。ゆえに坂崎磐音、まずはそのほうの門弟とこの者たちを勝負させ、勝ち残った者がそのほうと勝負して、勝った暁《あかつき》には晴れてひなの婿となる」

「迷惑な話にございますな」

磐音が洩らした。

「ひな様の父御はどうなされた。そのお方がそなたの跡をお継ぎになればよきことではございませぬか」

「ちっ」

卜部老が舌打ちをした。

「余計なことを尋ねおって」

「婿選びに巻き込まれる当尚武館の迷惑を考えてごらんなされ。わがほうにも得心がゆかねば、なんとも対応でき申さぬ」

「ひなの母親は、ひなが二歳の折りに亡くなった。倅はその五年後に旅芸人の女に従い、鹿島から消えた」

「それは気の毒な」

と磐音が応じるのへ、

「気の毒はこっちばい、先生」

と卜部の言いがかりに心底うんざりしていた平助が言い、

「先生、そうやろうが。まったくこん爺さんはくさ、物事の道理が分かっちょらんたい。どげんしたらこげん爺さんができるとやろか」

と言葉を継いだ。

そのとき、見所で舞扇を弄んでいたひなの表情が変わったのを、磐音は見逃さなかった。その場の出来事に無関心を装っていた娘が、敵意をむき出しにしたことを感じ取っていた。

美形の娘の手が、
そより

と妖《あや》しげに動き、広げられた舞扇が擲《なげう》たれ、絵模様が虚空に舞った。舞扇は回転する光と化して、磐音に襲いかかった。

なんとも迅速玄妙《じんそくげんみょう》な技だった。

磐音は右手に提げていた包平の柄頭《つかがしら》で、
ぽーん
と突き返した。すると舞扇は軌道を変えてひなのほうへと飛び返り、その手に何事もなかったかのように戻っていた。ひなが扇でぱたぱたと扇《あお》いだ。すると扇の先端に埋め込まれた薄刃がきらきらと光った。

一瞬の技だった。

その場を震撼《しんかん》させる、恐ろしい力を秘めていた。

気が付くと、北尾重政が懐から画帳を出して、腰の矢立《やたて》の筆でひなの動きと顔の表情を描き留めていた。

「そなたの孫娘どの、なかなかの芸をお持ちかな。鹿島神宮の祭礼の折り、見世物にでも出ておられるか」

「鹿島神陰流ト部派を蔑むや」

「これは失礼な言辞を弄しました。されど、お手前の願いのためにわが門弟やそれがしと立ち合えと言われるほうが無理難題でござろう。剣術修行に明け暮れるわれらを蔑んでおられませぬか」

「剣術家が剣術家に勝負を挑むのになんの作法が要ろうか。互いに承知し、勝負をなすだけのこと。そのほうがこの申し出を拒むならば、江戸じゅうに、いや、東国じゅうに、直心影流尚武館坂崎磐音は怯懦《きょうだ》なり、臆病者なりと喧伝《けんでん》いたすだけじゃ」

「それは困りましたな」

と磐音が笑みの顔で答え、

「一つだけト部忠道様にお尋ねしたい。お許しあろうか」

「その問いに応えれば立ち合いをなすというか」

「宜しゅうござる」

「尋ねよ」

「そなた様、老中田沼意次様と関わりがござろうか」

「老中田沼じゃと。倅が城中で討たれたあの仁じゃな。政《まつりごと》は嫌いじゃ。一切関わりはない」

ト部が言い切った。

磐音はその面体《めんてい》を見極め、卜部忠道一党が田沼老中の差し金で動いているのではないと確信した。

「立ち合いの方法はいかに」

「わが七人の門弟一人を、毎日そなたの門弟に立ち合わせる。それで勝ち残った者が、最後に坂崎磐音に挑む」

「なんとも悠長な勝負にございますな」

「わが流儀の継承者を決めんとする立ち合いである。鹿島神陰流卜部派の継承者にはそれだけの力が備わっておらねばならぬ。江戸じゅうの評判にもなろう」

「そなたの門弟衆七人が負けた場合、どうなさるおつもりでございますな」

「鹿島神陰流卜部派はわしの代で消滅いたす」

「ひな様は芸達者とお見受けいたした。お手前の跡目はひな様ではいかぬのでござるか」

「要らざる問いかな」

「最前の遊びに、要らざる言葉でお応えしたまでにござる」

　と応じた磐音が辰平らを振り返った。するとその場にあった全員が大きく頷いた。

「卜部忠道どの、本日一番手のお方はどなたかな」

「北林満太郎《ほくりんまんたろう》、これへ」

卜部が七人の中の一人、北林満太郎を指名した。

磐音は、

「神原辰之助どの、宜しいか」

「はっ」

辰之助が畏まった。尚武館の一番手に指名された辰之助は迷いもなく立ち上がった。

満太郎と辰之助は年齢もほぼ同じ、体付きもほぼ同じに思えた。

「得物《えもの》はいかに」

「生きるか死ぬかの勝負である。双方得意な得物を選ぶがよい」

卜部の言葉に、辰之助は鍔《つば》が付いた赤樫《あかがし》の木刀を選んだ。

相手の北林満太郎は背の後ろに置いていた薙刀《なぎなた》を手にした。長刀とも呼ばれるように、刀剣に長柄をつけた得物だ。ただし、刀より幅が広く反《そ》りが強い。重さがあるために、反りの強い一撃の斬撃力は凄《すさ》まじい。まともに薙刀の刃を受けた者は、大怪我をする。それどころか命を失うことにもなる。だが、一方で、身幅のある反りの強い薙刀を自在に扱うには、並外れた腕力、膂力《りょりょく》、腰力が要った。また一撃目を躱されると二撃目との間に隙が生じた。

「それがしが審判を務める。宜しゅうござるな、卜部どの」

「わが流儀では審判など要らぬ。息の根が止まったときが勝負の決したとき」

と老武芸者が言い放った。だが、磐音は、

「わが道場でござれば、道場主のそれがしの命に従うていただく。それで宜しいな」

卜部忠道がしばし考えたのち、首肯した。

北林満太郎が立ち上がった。

背丈は辰之助と同じ五尺八寸余か。だが、足が異様に短く、両の手が反対に長かった。一方、辰之助は胴体と手足の均衡がとれた体付きで対照的だった。

辰之助に辰平が歩み寄った。

「辰之助、ふだんどおりに立ち合うのだ。薙刀の刃を恐れてはならぬ。自ら斬られにいくように果敢に踏み込め。さすれば活路が見えよう」

「辰平さん、それがし、真剣勝負は初めてです」

辰之助の声音に緊張があった。

「そなたは坂崎磐音の門弟じゃぞ。そのことを忘れてはならぬ。尚武館では他流に劣る稽古はしておらぬ。自信を持って薙刀男に当たれ」

「はい」

辰之助の返答がふだんに戻った。

「両者、こちらへ」

磐音が北林満太郎と神原辰之助を呼び寄せた。

満太郎の体から汗の臭《にお》いが漂ってきた。えらが張った四角い顔に細い眼の持ち主だった。その眼がどこを見ているのか、辰之助には見当もつかなかった。

「よいな、必ずそれがしの指示に従うていただく」

磐音の言葉に辰之助が、

「畏まりました」

と答えたが、北林満太郎は、

ぱあっ

と後ろに飛び下がり、薙刀の間合いをとった。

だが、辰之助は慌てることなくその場で、使い慣れた赤樫の木刀を正眼《せいがん》に構えた。

一方、北林満太郎の得物は刃が三尺五寸（百五センチ）、柄は五尺（百五十センチ）ほどで、鎌倉時代の薙刀に似ていた。ちなみに室町以降の薙刀は、刃が短く扱い易くなっていた。

満太郎は、大薙刀と呼んでよい鎌倉時代の武器を右肩に立てて構えた。

きえっ！

奇声を発した北林満太郎が踏み込みざまに、

びゅん！

と刃風を響かせて辰之助の肩口に落とした。

だが、その瞬間、辰之助も北林満太郎の正面へと飛び込み、振り下ろされる薙刀の刃を寸毫《すんごう》の間で掻い潜り、赤樫の木刀を相手の胸部へと叩き付けるように伸ばしていた。しなやかにも険しい一撃が決まり、北林満太郎はその手から薙刀を飛ばされ、尚武館の床に前のめりに叩き付けられた。

辰之助は、くるり、と向き直り、床に顔面を叩き付けた北林満太郎の次の手に備えた。

満太郎が必死で立ち上がろうともがいた。だが、立ち上がることはかなわなかった。

「勝負ござった」

磐音が辰之助の勝ちを宣告した。

そのとき、尚武館道場に奇妙な笑い声が響き渡った。

ひなが透き通った笑い声を発し続けていた。なんのための笑いか、尚武館の面々には分からなかった。

磐音が見所の卜部忠道に一礼し、勝負が決着したことを告げた。

「不覚千万であったな」

だれともなく言い残し、卜部が立ち上がると、笑い続けるひなも従った。そして、門弟の二人が敗北した満太郎の両手を取り、もう一人が薙刀を拾うと、尚武館道場から悠然と退場していった。

しばし、だれもがなにも言わなかった。

「辰之助どの、見事な踏み込みであったな。あの勇気がこたびの勝敗を分け申した」

磐音が褒めた。

「先生、辰平さんの忠言があっての咄嗟《とっさ》の動きにございました。また客分小田様の槍折れで鍛えた腰と脚がなければ敵《かな》いませんでした。私の勝ちは小田様の日頃の教えの賜物《たまもの》にございます」

　小田平助に感謝する言葉を吐いた。

「辰之助、殊勝《しゆしよう》な心がけじゃな」

　利次郎が辰之助に声をかけたが、

「利次郎さん、あの動き、考えたものではありません。ふだん槍折れを持って動き回っている成果が勝敗を決したのです」

「恐るべし神原辰之助、謙虚なり辰之助」

　利次郎が辰之助を乗せようとしたが、辰之助は平助に深々と一礼して、利次郎の言葉には乗ってこなかった。

「辰之助さん、尚武館の稽古がくさ、嘘でなかった証たい。なんも小田平助の手柄じゃなかと」

　平助が言い、辰平が、

「先生、あの者たちが見所まで入ってくるのを気付かなかったのは失態にございました」

　と磐音に詫びた。

「辰平どの、ひななる孫娘を見られたな。あの空恐ろしいほどの美形と幼さには、なにか邪悪な秘密の力が隠されているように思う。あの娘の詐術に陥ったのであろう。だが、明日からはその手には乗らぬ」

「先生、あの者たち、明日も姿を見せましょうか」

利次郎が磐音に訊いた。

「なにが起ころうと油断をせぬことです」

磐音は一同の気持ちを引き締めた。

ただ北尾重政だけが満足げな顔をしていた。

三

その日、金兵衛を加えた坂崎一家五人で夕餉を始めた。

空也にも睦月にもすでに一人前の膳があり、中あじの塩焼き、筍《たけのこ》の木の芽あえ、えのき茸《だけ》のすまし汁、それにしそご飯が膳に並んでいた。

空也は大人より短めの箸《はし》で上手に食べることができた。だが、睦月のほうは未だ箸を使うことができず、おこんがほぐして骨を抜いたあじの身を、手で摑んで口に入れた。すると空也が、

「睦月、白山とてきれいにえさを食べるぞ。そなたはばんぶつのうえに立つ人だ。菜を手で口にしてはいかん」

と注意した。

「おや、空也は万物などとむずかしい言葉を承知ですね」

「母上、本日、船着場で私が白山と立っていると、通りがかりの爺様が白山の頭をなでて、ばんぶつのなんとかと空也に教えてくれました。それでおぼえていたのです」

「ばんぶつな。同じ爺様だが、この金兵衛は初めて耳にしたよ。なんだえ、その世迷《よま》いごとはよ」

「爺様、ばんぶつはばんぶつでございます」

「そりゃそうだな」

金兵衛が盃を手に磐音を見た。

小梅村に泊まるとき、金兵衛と磐音は一合か一合五勺《しゃく》の酒を酌み交わす慣わしができていた。金兵衛は盃に三杯か四杯の酒で満足し、磐音が残りを時におこんと飲み合った。

「万物とは、天と地に生きるすべての生き物の意にござる。おそらくそのお方が空也に教えられたのは万物の霊長《れいちょう》という言葉にござろう」

「そうです、父上」

「ばんぶつのれいちょうとはなんだ、婿どの」

「天と地に数多《あまた》生きる生き物の中で人がいちばん尊く、最も霊妙《れいみょう》な徳を備えておる。ゆえに万物の霊長が人という意にござる」

「つまり犬猫より人が上ということか」

「まあ、さような考え方かと思います」

「事をそうご大層に言わねえでも、犬猫よりは賢いわな」

と金兵衛が言い切り、

「この節のあじの塩焼きはなんともうめえな、おこん」

あじの身を箸でつついた金兵衛がぽろりと落とし、悠然と手でつまんで口に入れた。

「うちの爺上は、れいちょうではございません、父上」

空也の指摘に金兵衛が目を白黒させて、

「空也、人はれいちょうかもしれねえが、土地土地でさ、流儀があるんだ。深川六間堀では、膳から落ちた食べ物も丁寧に食べるのがれいちょうの役目だ」

「母上もそのように育ってこられましたか、爺上」

おお、と応じかけた金兵衛におこんが慌てて、

「亭主どの、本日はどちらへお出かけにございましたか」

と磐音に問うて話題を変えた。そこで磐音は、今津屋の由蔵の勧めで仙台堀の紅染や三代目本所篠之助を訪ねたことを明かした。

「なんだえ、婿どのと入れ違ったか。仙台堀の紅染やな。久世様の屋敷から流れ出てくる湧き水は、紅を染めるのにうまく合うんだってな。あの水はさ、冷たい上に清らかすぎて鰻なんぞは棲めないんだとよ」

いささか酔った金兵衛が磐音に応じた。

「そのあと宮戸川に立ち寄り、幸吉どのに訊いたところ、同じことを言うておりました」

「あら、宮戸川にも寄ったの」

「紅染やの帰りに長屋を訪ねたところ、舅どのが泊まりがけで小梅村に行かれたことを長屋の面々に聞いたゆえ、急ぎ戻る前に宮戸川に立ち寄り、幸吉どのを慰めて参ったのじゃ」

「慰めたって、なにかあったのかえ」

金兵衛が筍の木の芽あえを箸でつまみながら訊いた。

「いえ、おそめさんから江戸に戻ってくると書状が届いて以来、その後なんの知らせもないとか。折り折り舅どのの長屋を訪ねては、五作さん方に嘆いていると聞いたゆえ、宮戸川に立ち寄ったのでござる」

「どうだったの、幸吉さん」

「うむ、京の親方のもとに大きな急ぎ仕事が舞い込んだそうでな。なんでも分限者の娘の嫁入り仕度が、京でも珍しいほどの大掛かりで凝った注文じゃそうな。そこで親方は弟子総出で仕事にかかっているそうじゃ。ためにおそめさんが親方に同行して江戸に出てくる話も先に延びたという次第じゃ」

「幸吉はがっくりしたろう」

「舅どの、おそめさんから文が届き、事情が分かったのが昨日のことだそうです。一晩経ったら気持ちが落ち着いたらしく、さばさばとした顔で仕事に励んでおりました」

「幸吉も大人になったものだな。わしが爺様になるわけだ」

「うちの亭主どのももうすぐ不惑ですもの。幸吉さんが一人前になり、お父っつぁんが歳を重ねるのは致し方ないことよ」

と父親に応じたおこんが磬音に、

「亭主どの、仙台堀の紅染やを訪ねたのは、奈緒様一家が江戸に出てこられることを見越してのことなのね」

と話をまた戻した。

「おこん、いささか先走ったことではある。奈緒どのの気持ちがはっきりせぬうちに動くのはな。だが、弥助どのが出先から山形に向かい、霧子も師匠のあとを追って奥州《おうしゅう》道中を走っていよう。それがしがなにもせぬのもどうかと思うてな、由蔵どのに相談しておったのだ」

「さすがは今津屋の老分さんね。なんでも先々のことを考えておくのは悪いことではないわ。そうか、伊勢崎町の紅染やさんを訪ねたのか」

己を納得させるようなおこんの語調はいつしか深川娘の時代に戻っていた。

「なんぞ覚えがあるのかえ、おこん」

「そうね、大昔のことよ。私がいくつだったんだろう。空也と睦月の間くらい、三つかな、四つかな。死んだおっ母さんとどこに行った帰りだったのか、久世様の屋敷から流れ出る清水で、紅で染めた絹布を洗う光景に行き合ったことがあるの。雪が降りそうな真冬の冷たい最中だったわ。久しくそのことを忘れていたわね」

「おこん、そんなことがあったのか。おっ母さんはあの頃、なにか悩み事でもあったのかねえ。寺とか占いやなんぞをよく訪ねていたもんな。そんな帰りじゃねえかえ」

「そうかもしれない」

「深川のあの一角だけは、周りと違うんだ。あの清水が流れてよ、いつも涼しげな風が吹いて柳の枝を揺らして水面に影が躍ってやがる」

「あら、ただ今のお父っつぁんは万物の霊長よ」

「おこん、親をからかうんじゃねえ」

金兵衛は酔いも手伝ってか、遠い昔を追憶する眼差しで話を続けた。

「悪餓鬼《わるがき》時分の幸吉たちだって、あそこの流れは紅染め流れだから汚しちゃならねえことを知っていた。ほんとうによ、鰻に嫌われるほどの清水だもんな」

「奈緒様は、前田屋内蔵助様のお内儀として紅花を扱っておられたお方よ。もし江戸に住まいを移されるのなら、紅花を扱う仕事がいいわ。亭主どの、いい考えよ」

「おこん、それがしの考えではない。由蔵どのの知恵じゃ」

「で、三代目はなんですって」

「親方はそれがしの訪《おとな》いのわけを途中から気付かれた様子であった。ゆえに弟子たちの前から流れの縁にそれがしを誘って話された」

「三代目の親方はできた人間だもんな。それこそ、まんもつのれいちょうだぞ、おこん」

「お父っつぁん、万物の霊長よ」

おこんが父親のうろ覚えを訂正した。

睦月は黙々としそご飯を食べ、空也はえのき茸のすまし汁を飲んでいた。

「ただ今では紅染めばかりか、染めた糸を使って組紐を造っておられるそうな。弟子も奥におられるのを含めると七、八人はおられようか。三代目は、山形の前田屋内蔵助どのが亡くなられたことも、お店が潰れたことも聞き知っておられ、それがしの用件を呑み込まれたようで、『わっしにできることがあれば相談に乗ります』と約定してくだされた」

「そうか。婿どの、おまえさんは前田屋の奈緒様を紅染やで働かせようと考えたのか」

「舅どの、今津屋の由蔵どのもそれがしもたしかな考えがあっての紅染や訪問ではなかったのでござる。江戸にも紅に携わる親方や職人がおられるならば、山形で紅花を栽培し、紅餅《べにもち》を京や江戸に商う前田屋の内儀だった奈緒どのが、なんぞ江戸でもできるのではないかと、漠たる考えで伺うたことです。いえ、これもまたこちらの勝手な推測の上でのお節介でした」

「でも、篠之助親方は奈緒様の苦衷《くちゅう》を察した上で、できることはするって約束してくださったのね」

「そういうことじゃ」

「子供心にも、なんてきれいな仕事だろうと、淡い紅色の絹布が流れに浮かぶ作業を見ていたことをはっきりと思い出したわ。お父っつぁんの言うように、あの界隈だけは清らかな水が流れ、涼しげな風が吹いているものね。これまで紅花を扱ってこられた奈緒様ならば、必ずや江戸でも紅に関わる仕事を見つけられたらと思われるわ」

「おこんも婿どのも、奈緒様がなにを考えておられるか、未だはっきりとしねえんだろ。早手回しに仕事の先を当たってくるなんて、いささか先走りすぎてねえか。まずは奈緒様一家が山形を無事に発って江戸に来ることが先だ」

「いかにも舅どのが申されることが正しゅうござる」

「でも、うちの一家はせっかちな上に面倒見がいいの」

「それをよ、お節介やきって言わねえか」

　金兵衛の言葉に、磐音とおこんは顔を見合わせて得心した。

　この日の朝稽古では、神原辰之助が張り切っていた。どうやら昨日の、北林満太郎の大薙刀との真剣勝負に勝ち、大いに自信をつけたようだ。目が合った利次郎に、

「重富どの、ご指導を願いたい」

　としかつめらしい挨拶で稽古を申し込んだ。

「辰之助、えらく張り切っておるではないか」

「眠れる獅子が目を覚ましたのでございます」

「生まれてより二十数年、惰眠《だみん》を貪《むさぼ》っておったか」

「そうではございません。日々研鑽《けんさん》を重ねながら、秋《とき》がくるのを静かに待っていたのでございます、利次郎どの」

「よかろう、神原辰之助どの、お相手仕《つかまつ》ろうではないか」

　利次郎が辰之助と稽古を始めた。

その稽古を、磬音は平助とともに見ていた。

これまで、利次郎の手加減なしの一撃を受けた辰之助は、その時点で戦意を喪失したものだ。だが今朝は、叩かれても叩かれても何度も食い下がり、床に叩きつけられても起き上がって利次郎に挑みかかっていった。

「当人の言うごつ、眠れる獅子が一夜で目覚めたごたる。卜部某どのの思惑をくさ、辰之助さんが一気に砕いて、当人は自信をつけたばい」

平助が磬音に呟いた。

「若いときは、一つの出来事が大きく作用することがござる。辰之助どのにとって悪い経験ではなかったようです」

「先生、今日もあん一行は来るやろか」

平助の問いに、磬音は来るとも来ないとも答えられなかった。なんとなく、先《せん》鋒《ぽう》の北林満太郎が辰之助の一撃で敗れたことが、卜部忠道の考えを変えたようにも思えた。

おおっ！

という利次郎の驚きの声が上がった。

その瞬間、その場面を磬音と平助は見逃していた。

利次郎の手から竹刀《しない》が離れて床を転がっていた。

辰之助は竹刀を正眼に戻し、

「重富利次郎どの、竹刀を拾われよ」

と厳《おごそ》かな声で利次郎に言ったものだ。

「おのれ、辰之助め、それがしが手加減しておることを察せぬか。さような態度ならば、それがし、本気を出すぞ」

「それが望みにございます」

よし、と叫んだ利次郎が竹刀を摑んで、ひと呼吸置いた。

「おい、ご両人、あまり熱くならんで稽古をせぬか。本気を出すのは今夕、卜部ご一行が姿を見せたときでよかろう」

田丸輝信が二人に話しかけた。

「いかにもさよう」

利次郎が応じたとき、磐音は尚武館の門を潜ってくる南町奉行所定廻《じょうまわ》り同心木下一郎太《きのしたいちろうた》と小者《こもの》の姿を認めた。その挙動から明らかに御用の筋と察した磐音は、平助に、

「この場はお任せいたします」

と願って玄関に向かった。

「なんとも暑うございますね、坂崎さん」

一郎太の額には汗が光っていた。

「木下どの、母屋に参られますか」

「いえ、坂崎さんにお知らせに参っただけです」

磐音は白山の小屋がある尚武館の長屋門へと木下一郎太を誘った。すると季助が気付いて長屋門の下の狭い板敷きを雑巾で拭《ぬぐ》い、二人の席をつくった。

尚武館の船着場に御用船を止めてきたのであろう、門は隅田川からの生暖かい風が吹きぬけていた。

「お知らせとはなんでございますな」

磐音の問いに一郎太が懐から手拭《てぬぐ》いに包んだものを取り出し、それを解いた。するとまるで手造りの位牌のような白木の板が出てきた。一郎太がそれを磐音に渡した。

「怨　直心影流尚武館坂崎磐音
　鹿島神陰流卜部派北林満太郎」

とあった。

磐音は、位牌のように板文字が新しく、さらに板も濡れていることを確かめた。

「この者に覚えがありますか」

一郎太の問いに磐音が頷くと、

「本未明、大川首尾《しゅび》の松《まつ》下の水面に骸《むくろ》が浮かんでいるのを荷船の船頭が見つけて、番屋に届けましてね。使いを受けてそれがしが首尾の松に駆けつけましたところ、すでに骸は御厩河岸《おうまやがし》の渡し場に運ばれていました。刀は差しておりませんでしたが、武骨な形《なり》、鍛え上げられた体付き、胸の新しい青あざなどから、町人でないことはすぐに察せられました。死んで水にひと晩は浸《つ》かっていたと思えるそうです」

一郎太の説明に磐音は頷いた。

「坂崎さん、この者を承知なのですね」

「昨日の夕べ、わが道場を、この者の師である卜部沐太郎忠道なる老剣術家と孫娘、さらには七人の門弟が訪れ、奇妙な申し出をなしました。一行が訪れた折りはそれがし、他出しておりまして、小田平助どのと押し問答をしているところにそれがしが戻ったのです」

と前置きした磐音は、卜部一党の尚武館訪問の理由と経緯を述べた。

説明を聞いた木下一郎太は、しばし言葉を失ったように黙り込んでいた。

「孫娘の婿選びに七人の門弟を従え、江戸の道場を訪ね歩いているのですか」

「卜部どのの言によると、そのようです」

「この北林満太郎が尚武館の門弟と、薙刀と木刀との勝負をなしたのですね」

「いかにもさようです。神原辰之助どのの勇気ある踏み込みが勝負を制しました。とは申せ、辰之助どのの一撃で北林満太郎どのが死んだわけではござらぬ。胸骨が一、二本折れたやもしれませんが、当道場を出る折りは朋輩二人に支えられて出ていきました。それにしてもこの木札はおかしゅうござる。北林満太郎どのと対決したのは神原辰之助どのです。負けを恨むとしたら辰之助どののはず。いや、自らの力量のなさであらねばならぬ」

「坂崎さん、婿選びなどと勿体《もったい》ぶった話ではございますまい。江戸に金儲けに出てきたか、それとも別に曰くがあってのことか」

と一郎太が首を捻り、

「奉行所出入りの医師が検視をしましたところ、自ら毒を呷《あお》ったか、飲まされたか、ともかく毒による死と判断しました。ですが、ただ今の話を聞いていると、師匠と孫娘がいて、さらに六人の仲間がいる。勝負に負け、ひなる孫娘の婿に

なれないがゆえに自裁したとも考えられます。それにしても奇妙奇天烈《きみようきてれつ》な話です
ね」

「ともかく昨日の立ち合いは尋常な勝負です。負けたゆえ尚武館や坂崎磐音が恨まれる筋合いはござらぬ。それに勝負は未だ六番残っているのです」

「坂崎さん、北林の仲間たちが尚武館に姿を見せると思われますか」

「昨日の約定では毎日一番勝負、七日間で勝ち残った者があれば、最後にそれがしと勝負という決め事にございました」

　木下一郎太がしばし思案し、

「まず姿は見せませんね」

「見せぬかもしれません。あるいは約定どおり姿を見せるやもしれません。それは卜部老と孫娘次第かと存じます」

　頷いた一郎太が、

「いったん大番屋に戻り、夕刻にまたこちらに戻って参ります」

　と言い残して姿を消した。

四

昼下がり、金兵衛が深川六間堀に戻っていった。そして、入れ替わるように竹《たけ》村《むら》武左衛門が姿を見せた。

そのとき磐音は、居間で豊後関前の父に宛てた書状を認《したた》めていた。近況を綴《つづ》った書状には奈緒のことも認めた。

また北尾重政も母屋の縁側に座を占めて、常に懐に入れている画帳を広げ、筆を走らせていた。気持ちが落ち着いたのか、坂崎家の一家の日常を素描《そびょう》している様子だった。そこへ武左衛門がお仕着せの法被姿《はっぴすがた》で、いささか歳を感じさせる素足を見せて登場した。

うむ

北尾重政を見た武左衛門が首を傾げた。

「おーい、だれかおらぬか。この家では絵師なんぞを出入りさせるほど余裕があるのか。それともだれぞの追善画《ついぜんが》でも頼んだか。そうじゃ、門前で金兵衛さんに会うたが、金兵衛さんの追善画か」

と大声で喚《わめ》いた。

北尾重政が改めて武左衛門をしげしげと見て、

「尚武館には変わった人間が次々に現れるな。そなた、何者だ」

と傍若無人《ぼうじやくぶじん》な言葉遣いの相手に尋ねた。

改めて記す。

北尾重政は、元文《げんぶん》四年（一七三九）書肆《しよし》須《す》原屋《はらや》三郎《さぶろ》兵衛《べえ》の長男として、江戸は小《こ》伝馬町《でんまちよう》に生まれた。ゆえにこのとき四十六歳であった。

武左衛門とさほど歳の差はなかったが、錦絵の美人画ですでに評価が定まった絵師と自称武士の出、ただ今は大名家下屋敷の中間《ちゆうげん》とでは、いささか貫禄《かんろく》が違った。美人画のほかに武者絵本も描き、暦の版下筆耕《はんしたひつこう》では、

「重政の右に出る者なし」

と評され、俳諧《はいかい》は谷素外《たにそがい》に学び、能筆でも知られた教養人であった。

一方、武左衛門にとって絵師などという人種は知識の外だ。

「そなた、何者だとはなんだ。この屋敷の主とは長年の知己《ちき》、竹村武左衛門に問う前に自ら名乗るのが礼儀であろうが」

尻を半ば出した法被姿で縁側に腰を下ろした。

「これは失礼をいたしたな。絵師北尾重政じゃ」

「まことに絵師とはな。この家《や》に出入りしたところで金にならんぞ。所帯が大きい割に内所は火の車じゃ」

武左衛門がはっきりと言い切った。

「ほう、金を当てにしてもだめか」

「無駄じゃな。わしが五度《ごたび》と言いたいが十度《じったび》願うても一度、はした金を貸してもらえるかどうか。まったく役に立たん」

「そなた、わしと同類か」

「やはりそなたも無心に来たか」

「いや、無心する前に、金は当てにしてもだめだと主どのに断られた。だが、借金取りに追われて逃げ込む先としてはこれ以上の家はあるまい。なにしろ主をはじめ、腕に覚えの猛者《もさ》ばかりがごろごろしておるでな」

「絵師も金にならぬか。世間には蔵の中にいくつも千両箱を積んでおる者がいるというに、不肖武左衛門様の懐は常に閑古鳥《かんこどり》が鳴いておる。カーカー、カネがないとな」

二人が縁側で声高に話をしていると、早苗が足音を忍ばせて姿を見せ、

「父上、睦月様が寝についたところです。大声でお金がないお金がないとお話しされるのは、坂崎家の外聞にも差し障りがございます。静かにしてください」

と険しい声で注意した。

北尾が武左衛門と早苗の顔を交互に見た。

「早苗さんはそなたの娘か」

「おお、いささかでも家計の足しにと坂崎家に奉公に出しておるがな、なにしろ最前話したとおりだ。ただこの家にはそれがしと違い、それなりの金子が入ってくる。だが、右から左に出ていくで金子が貯まる暇はない」

腕組みした北尾重政がしばし沈思し、

「事情はよう分かった。なんとかせねば義理が立たぬな」

と呟いた。

「なんとかせねばだと。そなた、金を稼ぐ知恵でもあるのか」

「そなたに使いを頼みたい。川向こうの待乳山聖天社《まっちやましょうでんしゃ》裏にあるわしの長屋を訪ねてくれぬか」

「そなた、聖天裏に住まいしておるのか。そこに隠し金でも貯めておるか」

「そうではない。そこに未だ画房を残しておるのだ。このところ出入りしておらぬゆえ、借金取りの眼は光ってはおるまい。そうじゃな、画紙、絵筆、顔料など適当にこちらに持ってきてくれぬか。大家は福耳の大家とか、二股大根の十郎兵衛《じゅうろべえ》というて、あの界隈では名が知られておる。わしの文を持っていき、長屋に入れてもらってくれ。で、最前のものをこちらに運んできてもらいたい」

「絵筆なんぞを質屋《しちや》に入れても大した銭にはなるまい」

北尾重政が、じいっ、と武左衛門の顔を観察し、この男に頼んで大丈夫かという表情をした。

「父上、ご存じないのですか。北尾様は高名な絵師でいらっしゃいます。世間には北尾様の絵を欲しいと言われるお客様が何人も待っておられるのです」

「なに、この者、さような芸を持っておるのか。そうか、絵をささっと描きなぐって銭になるのか。十枚も描けば、ちりも積もれば山となり、一分や二分にはなりそうか」

武左衛門が訝しげな目つきで北尾を見る中、北尾は画帳を一枚抜いて大家の十郎兵衛に宛てた文を認め始めた。

「おやおや、北尾様はいよいようちに居着くおつもりのようですね」

おこんが茶を運んできて呟いた。

「亭主どのの暮らしぶりを見ていると、気の毒に思えてきた。他人のために走り回ってばかり。その上、川向こうの御城では老中どのが牙《きば》を研《と》いでおられよう。早苗さんの親父様の忌憚のない物言いを聞いてな、わしがなすことはないかと考えたのだ。じゃが、絵くらいしか描けぬ。ゆえにこの御仁に使いを願い、絵を仕上げて版元の蔦屋重三郎《つたやじゆうざぶろう》に届ければ、なにがしか都合してくれようと思うてな。食い扶持《ぶち》くらい入れぬと、居候するにも肩身が狭いでな」

「北尾様に気を遣わせて悪うございますね」

おこんが苦笑した。

「おこんさんや、そなたの亭主の欠点はすぐに人を信じることだぞ。わしがこの絵師の顔相を見るに、厄介ごと、揉《も》め事を無数に抱えておる不吉な人物と出ておる。早めに追い出したほうがよいぞ」

茶碗を摑んだ武左衛門が言った。

磐音が文を書き終え、縁側にやってきた。

「武左衛門どの、北尾どのの使いをなして、安藤《あんどう》家に差し障りがございませぬか」

「浅草聖天町なら川を渡ればよいだけじゃ。船の渡し賃さえもらえれば差し支えない」

武左衛門が渡し賃を催促するように、手を北尾に向けて伸ばした。それには北尾は応えず磐音に視線を向けた。

「坂崎さんは蔦屋重三郎を承知でしたな。あやつはわれら絵師を働かせて大金を儲けおって、吉原の五十間道から日本橋通《とおり》油町《あぶらちょう》に店を移し、いちだんと繁盛しておる。絵さえ描けばなんとか助けてくれよう」

北尾が未だ浅草聖天町に画房を残しているのは、かつて蔦屋重三郎が五十間道に店を構えていた名残りだった。

「蔦屋どのはその昔、世話になったゆえ承知です」

「まあ、小梅村は退屈しのぎに絵を描く環境としては悪くない」

こちらも文を認め終えたか、北尾が懐から一朱と小銭を混ぜて文に添え、武左衛門に差し出した。

「乗合船の渡し賃にしてはいささか多いな」

武左衛門がなんぞほかに買い物でもあるのかという顔で尋ねた。

「わしの有り金すべてだ。残ったら使い賃にしてくれ」

「おぬし、意外に話が分かるではないか。聖天町界隈で二股大根の十郎兵衛って大家を探せばよいのだな」

　武左衛門がにんまりした。

「ああ、あの界隈で福耳の大家、あるいは二股大根の十郎兵衛といえば、知らぬ者はいない。だが、あまりわしの名を大声で叫ばぬほうがよいぞ。怖い借金取りがどこで聞き耳を立てているともしれぬからな」

　聖天町は待乳山聖天社のお膝元《ひざもと》、二股大根が聖天社の紋ゆえそう呼ばれるのか。

「借金取りの扱いについては万事それがしに任せよ」

と言い切った武左衛門が気軽に縁側から立ち上がった。

「父上、決して途中でお酒などを飲んではなりませんよ。北尾様の御用を済ませたら、すぐにこちらにお戻りください」

　早苗が不安げな顔で父に注意した。

「案じることはないぞ、早苗。聖天町などひと跨《また》ぎだ。絵筆に画紙に顔料じゃな」

「そのほか持てるならば、適当に風呂敷に包んで持ち帰ってくれぬか」

　北尾が重ねて願い、武左衛門が出かけていった。

「あの父親にして、このけなげな娘ありとは、トンビが鷹を生んだな。それにしてもこの家にいると退屈せぬな」

「だからといって長居は無用に願います」

即座におこんが注意の言葉を繰り返し、

「おこんさんとは、なぜか今津屋時代から気が合うた」

「私は北尾様と気が合うと思ったことは一度もございません」

と二人で掛け合った。

おこんは、亭主が連れ戻ったときより、北尾重政の顔がなんとなく明るく変わっていると感じた。

尚武館の若い面々の活気に鼓舞されたのか、借金取りに悩まされずに済むと思ったか、理由はなんであれ絵を描く気になったようだ。

「坂崎さん、婿選びを立ち合いでなすという老武芸者と孫娘、それに婿候補どもは、本日も姿を見せるかな」

どうやら北尾は尚武館に関心を持っているようで話題を転じた。

「はて、どうでござろうか」

磐音は、おこんにも門弟衆にも、神原辰之助と立ち合った北林満太郎が死んで首尾の松下の水に浮かんでいたという木下一郎太の報告を告げていなかった。一郎太から、卜部一党についての出来事を他の者に話さぬよう釘《くぎ》を刺されていたからだ。

「あの孫娘は、絵師の画欲をおおいにそそるわ。妖しげな雰囲気を美形の顔に秘めているからな」

「北尾様は、その婿選びの娘さんを描こうと考えているの。私は話しか聞かされていないけど、その娘さん、ただ者ではないらしいわよ。変に関わったら大やけどしますよ」

「おこんさん、小梅村の夏景色を思い付いたが、未だ絵の思案がついておらぬ。ともあれ描き上げた折り、見てもらおうか」

北尾重政が自信ありげに言った。


使いに出た武左衛門も戻ってこず、夕暮れまでにはふたたび伺うと約束した木下一郎太もなかなか姿を見せなかった。

辰平ら住み込み門弟は、卜部一党が姿を見せることを前提に稽古をしていた。

利次郎は、

「二番手はだれにする」

と稽古の合間に仲間に尋ねた。

「それは磐音先生がお考えになることじゃ、利次郎」

と辰平が答えると、昨日の立ち合いで自信をつけた神原辰之助が、

「ご一統、それがし、昨日、いささか得心がいかぬ立ち合いでございました。遅まきながら反省しきりの踏み込みであったと気付きました。本日得心がいく立ち合いをしとうございます。それがしにこのお役を譲ってくださいませんか」

と神妙な顔で言い出した。

「辰之助、慢心せぬことだ。そなたが相手した北林某は、七人の中でいちばん技量の劣る薙刀遣いであったのやもしれんぞ。妙な自信をつけた愚か者は危なくてしようがない。二番手はこの田丸輝信が願おう」

と名乗りを上げた。

「それにしても遅いではないか。昨日は、もうこの刻限にはあやつら、見所に座していたぞ」

利次郎が言うところに、引っ越し荷物を背負ったように大風呂敷を担いだ武左衛門が門前からよろよろと姿を見せて、白山が、

わんわん

と吠《ほ》えかかった。

「は、白山、そなた、それがしが見分けられぬほどに惚《ぼ》けおったか。竹村武左衛門であるぞ。ど、泥棒ではない」

武左衛門が喚き、弥助の長屋から北尾重政が姿を見せた。

「おお、ご苦労でござったな、武左衛門どの」

「ふう、そなたが絵筆、画紙、顔料と言うた絵具だが、ありゃ、ごみ屋敷ではないか。まあ、雑多なものが散らばって山積みじゃ。中には女子の長襦袢《ながじゅばん》まであった。そなた、一体全体どういう暮らしをしておるのだ」

「借金取りが来て長屋を荒らしていきましたかな」

「二股大根の十郎兵衛が嘆いておったぞ。長屋が汚いのは借金取りのせいではない。そなたがおるときからあまり変わらぬそうじゃ。食いものが残されていなかったゆえ、まあ腐るものはない。じゃが、家賃が一年半ほど払われておらぬそうじゃな。そなた、世間というものを知らぬのか。大家といえば親も同然、店子《たなこ》といえば子も同じ。とはいえ、月々の店賃を一年半も溜めてよい道理はなかろう」

文句を言いながら、武左衛門が尚武館の道場の縁側に大荷物を担いだままへたり込んだ。

小梅村の尚武館は百姓家を改築したゆえ、縁側が門弟たちの控え場所として使われていた。

「早苗が途中で酒など飲むなと言うたが、かような大荷物を背負わされて酒場に立ち寄れるものか。渡し船の船頭にも渡し賃を二人分払えと脅されたぞ」

「おや、竹屋ノ渡しの船頭がさようなことを言いましたか。まあ、武左衛門様は、ふだんの行いの悪さがこの界隈では知れ渡っておりますからな。船頭もこれ幸いと嫌味を言うたのでしょうか」

利次郎が言い、

「なにが大風呂敷の中に入っているんだ」

と胸の前で結んだ風呂敷を解く武左衛門から風呂敷包みを受け取った。

「なんだか、ごつごつしておるぞ、いや、柔らかいものまで入っておる。武左衛門様、布団まで運んでこられましたか」

「利次郎どの、布団ではない。座布団じゃ。真ん中がへこんでおるほどに使い込まれた座布団と脇息《きょうそく》は、絵を描く折り、大事なものかと思い、大風呂敷に包み込んできたのじゃ」

「おお、よう気が付かれましたな。絵師にとって、座り心地は大事じゃからな。

それにしてもいささか埃臭《ほこり》いぞ、湿気《しけ》ってもおる」

「おお、なんともすごい臭いじゃな」

縁側に出された雑多なものを、辰平らが手伝って地面に筵《むしろ》を敷いて広げた。

「明日一日、日向に干して乾かそうぞ。ダニでもおるとかなわぬからな」

武左衛門の運んできた北尾重政の持ち物に、光と風を当てることに決めた。

北尾は北尾で大量の画紙や顔料や無数の絵筆、水差しなどを長屋の弥助の部屋へと運んでいった。

そのとき、磐音が道場に姿を見せた。

「おや、店開きのようですね」

「磐音先生、とはいっても売れるものなんて何一つありませんよ。柳原土手《やなぎわらどて》だって買ってはくれますまい」

辰之助が言った。

「とは申せ、北尾重政どのにとっては大事な仕事の道具の一つにござろう。明日一日、陽《ひ》にあてて風を通せばなんとかなりましょう。ともかくこのままおこんに見せてはなりませぬ」

と皆に注意して、荒い息遣いの武左衛門に、

「ご苦労でしたね」

と労《ねぎら》いの声をかけた。

「わが友坂崎磐音、そなたの知り合いにろくな者はおらぬな」

「いかにもさよう、ろくなお方はおられませぬ」

と磐音が真面目くさった顔で応じ、武左衛門が、

「絵師など、とくにだらしなくていかん」

と言い募る声に長屋から、

「いかにもいかにも」

と答える北尾重政の声がした。

「みよ、あの図々しさ。今少し注意をしてな、小梅村に寄せ付けてよい人物、よくない人物を峻別《しゅんべつ》したほうがよかろう。まずだいいちに」

と長屋に目を遣《や》ろうとした武左衛門を、利次郎が黙って指した。

「なんじゃ、その手は」

「それがしの考えに反して、手が勝手に動いたのでございます」

「人を指差すなどの不作法があってはならぬ。武士として、それくらいは弁《わきま》えねばならぬぞ。そなたも霧子と所帯を持ち、豊後関前藩江戸屋敷に仕官する身であ

ろうが」

「いかにもさようでした」

「で、その手はなにか」

「ですから真っ先に尚武館に出入りを禁じられるのは、お手前、竹村武左衛門様
かと利次郎愚考いたしました、と手が申しております」

「な、なにっ」

武左衛門が利次郎のからかいに気付いたとき、磐音が辰平に訊いた。

「卜部忠道一党は参りませぬか」

「昨夕の刻限は過ぎましたが、未だ」

「おそらく今宵は参りますまい。ただ、油断をしてはなりませぬ」

と磐音が一同に注意を促し、

「辰之助どの、おこんに言うて武左衛門どのの膳を一つ増やしてくれるよう願うてくれぬか」

と辰之助に命じた。

「はっ、畏まりました」

と請け合い、母屋に行きかけた辰之助が、

「あやつら、なぜ姿を見せぬのでございましょう」

と振り返って磐音に訊いた。

「辰之助どのの思い切った踏み込みと一撃に恐れをなした、と思いませぬか」

「いえ、そのようなことは」

と謙遜《けんそん》した辰之助だが、満面に浮かぶ笑みを堪《こら》えて母屋へと走っていった。

第四章　玄妙妖術ひな

一

賑やかな夕餉が終わり、武左衛門が娘の早苗に見送られて陸奥磐城平《いわきたいら》藩安藤家の下屋敷の長屋へと戻っていった。その背を見送っていた早苗が、尚武館の船着場に船が着いた気配に気付き、卜部一味ではないかと用心をしながらも門の通用口から外を覗いた。すると、

「江戸町奉行所御用」

の文字が浮かぶ灯《あか》りが見えた。

「だれやろか」

門番の季助も早苗の背に訊いた。

「町奉行所の船のようです」

「ならば木下一郎太様じゃろな。それにしても刻限が遅い。なにも起きなければよいが」

と二人が通用口を出てみると、果たして木下一郎太が疲れた足取りで河岸道に姿を見せた。

刻限は五つ半（午後九時）を過ぎていた。

「坂崎さんは未だ起きておられますか」

「つい最前夕餉を終えたばかり、起きておられます」

「それはよかった」

と応じた一郎太を早苗は母屋へと案内していった。

早苗は一郎太が考えごとをして無口なのが気になった。むろん、婿選びと称して七人の門弟を連れた卜部某なる老武芸者と孫娘が尚武館を昨夕訪ねてきた経緯は承知していた。そして、その一人が神原辰之助と立ち合い、敗れたことも知っていた。

夕餉の場でも、

「婿選びの面々、辰之助の大胆不敵な踏み込みに恐れをなして、本日は姿を見せなんだ。となれば、辰之助がいる以上、小梅村に姿は見せまい」

とか、

「いや、あやつら、なんぞ新たな策を考えて、こちらを油断させようとしておるのではないか。先生が言われたとおり、油断は禁物だぞ」

などと住み込み門弟の間で辰之助の見事な勝ちを半ば称賛し、半ばからかう会話が飛び交った。だが、夕餉の後半は北尾重政の錦絵の話で盛り上がり、ついには、

「なにゆえ、そのような売れっ子絵師が尚武館に逃げ込まねばならぬほど、借財をこさえたのか」

という武左衛門の正直な問いに北尾が首を捻り、

「武左衛門さんや、人間、慢心してはならぬな。風向きが変わるときは一瞬じゃ。そうなると坂道を転がる石のようなもの。あっという間に金の都合がつかなくなる」

「北尾重政さんといえば、錦絵の、それも美人画の大家ではございませぬか。ちょいと絵筆を走らせれば何十両も稼げましょう」

「おい、輝信、こやつが売れっ子というても、さような値段で絵が売れるものか。

大げさに言うでない。その証に、借金取りの目を逃れて小梅村に潜んでおるではないか」

「武左衛門様に絵の値段を説明しても、得心されそうにございませんな」

「おお、わしは分からぬ。この者の描く絵は精々一枚一朱、いや、百文が相場じゃな」

「父上、お黙りください」

と早苗に叱《しか》られ、武左衛門が首を竦める場面もあったが、田丸輝信の話はまだ続いた。

「早苗さんの親父様にはいささか不可解な話かもしれませぬが、北尾重政様には蔦屋重三郎という、こちらも売り出し中の版元がついておられます。金に困ることがあろうはずもないのだがな」

首を傾げながらも半可通《はんかつう》ぶりを田丸輝信が発揮した。

「そなた、剣術遣いにしては絵師の暮らしに詳しいな」

「わが家は大半の武家同様に内所が苦しく、母が屋敷で書を教えて小遣い稼ぎをしておりました。ゆえに子供の頃から北尾様が錦絵で売り出され、能筆家であることを大人の口から聞かされて育ちました。ただし、お目にかかったのは昨年、先生の父上坂崎正睦様、母上照埜様の別れの宴の席でした。遠目に『おお、あのお方が常々母が噂していた絵師北尾重政様か』と眺めたのが最初です」

「なに、そなたの母親は書をなさるか。流儀はなんだな」

「青蓮院流《しょうれんいん》です」

「おお、珍しくも古流を嗜《たしな》まれるか」

と応じた北尾が、

「坂崎さんのもとにはかような若い門弟衆が集っておられる。ゆえにな、恥を忍んで、わしが借財をこさえた理由《わけ》を話し、そなたらも甘い罠《わな》にはまらぬよう参考になされ」

と前置きし、

「あれは半年も前のことか、蔦屋重三郎から新しい錦絵を考えてくれと注文を受けて、日本橋の店を出て町をふらふらと歩きながら、新しい注文の趣向を思案していたのだ。どう歩いたか、いつしか、親仁橋《おやじばし》を渡り、旧吉原の葭町《よしちょう》あたりに差しかかったらしい。そのとき、わしにぶつかった者がいた。こちらは、ぼうっと歩いておって、なにがぶつかったか咄嗟には分からなかった。ただ匂《にお》い袋を忍ばせておる女だと分かった。こちらが驚く前に、ぶつかった相手はどこぞに姿を消していた。わしの懐に匂い袋の女が手を差し入れたような入れないような、そんな感触が残っておった」

「そりゃ、版元からもらった前金を狙《ねら》った女掏摸じゃな。それにしても、せっかく頂戴した金を懐にして、ぼうっと歩くなど不用心すぎる。一朱掏《す》られてもそなたには痛手であろうが」

武左衛門が北尾の言葉に掛け合った。武左衛門には北尾重政の絵が何十両もすることが想像できないのだ。

「武左衛門さんや、そなたは版元がどれほど酷薄な人間か知らぬな。未だ手もつけておらぬ絵に前金など支払うものか。それどころか顔料屋にツケがいささかたまっておってな、そっちの支払いに頭を悩ませておった」

「では、女掏摸はそなたを狙うて無駄骨であったか」

いや、と北尾が首を横に振った。

「わしが茫然としているところに、こんどは御用聞きらしき連中が何人も女を追ってか、ばたばたと駆けていった」

「御用聞きに追われて慌てて逃げる最中に、そなたとぶつかったというわけか」

武左衛門がだれにも推測がつく考えを披露《ひろう》した。うんうん、といい加減に武左

衛門に返事をした北尾が、

「葭町近くに玄冶店《げんやだな》があるのを皆承知か」

と一同に問うた。

「わしはあの近くの竈河岸《へっつい》で石運びをしたで、よう承知じゃ」

武左衛門が即答した。

「そなたも難儀な暮らしをしてきたようだな、まあ、それはよい。その玄冶店と新和泉町《しんいずみちょう》の間に路地があってな、稲荷社がある。わしはあの界隈が好きでな、立ち寄ることにした。賽銭《さいせん》を上げようと懐に手を突っ込んで驚いたのだ」

「どうした」

「わしの財布にしてはずしりと重い革財布が手に触れた」

「あっ、そりゃ、女掏摸が北尾様の懐に掏り取った財布を一時《いっとき》預けていったんだ」

田丸輝信が叫んだ。

「そういうことだ」

と応じた北尾は頭を搔いた。

「人間、貧すれば鈍するものだな。他人の財布を引き出し、中身を調べると十二両二分も入っておるではないか」

「運がいい男じゃな。わしなどさような運に恵まれたことは一度もない」

「なくてよかったのだ」

北尾がいよいよ嘆き口調になった。

「わしはな、この金子があれば顔料屋に払いができるな、とつい一瞬脳裏にそんな考えを過《よぎ》らせたのだ。そんな下心があったからか、わしの財布からなけなしの一朱を出して賽銭箱に放り込んだ」

「やったな」

と武左衛門が言うと、北尾重政が苦虫を嚙み潰したような顔になった。

「どうした、おぬし」

「うむ、その後すぐ、匂い袋の女が目の前に現れてな、その金に手を付けたわね、と言うてな、わしを睨みおった」

ありゃ！

と武左衛門が叫び、

「父上、最前から何度も言うております。しばらく黙っていてください」

と早苗が願った。

「わしが、わしの財布から出した一朱じゃと言うても、まったくこちらの言い分を聞こうともしなかった。そればかりか、その財布の金に手を付けたからには、私の仲間と思われても致し方ないわね、と脅しおった。その末に財布を引《ひ》っ手繰《たく》り、わしの住まいと名を教えろと言うのだ」

「絵師さんや、えらい女に引っかかってしもうたばい。で、どうしたと」

小田平助が武左衛門に代わって呟いた。

「財布は返したし一文も使ってはおらぬと女に言い残して、稲荷社から逃げるように出てきたのだ」

そう答えた北尾が、ふうっ、と溜息《ためいき》をついた。

その場をしばらく沈黙が支配した。

「その女、北尾どのの画房に姿を見せましたか」

と磐音が訊いた。

「ああ、その騒ぎがあった二月《ふたつき》ばかり後、今から三月《みつき》四月《よつき》も前のことだ。坂崎さんが承知の浅草聖天町の長屋に戻ると、匂い袋の女が半ば裸で、わしの仕事場に横たわっておるではないか。そして、『おまえさん、絵師の北尾重政だってね。私の錦絵を描いたら、あの一件は忘れてあげるよ』と脅すように命じたのだ。どうやらどこかでわしが北尾重政と知ったらしいのだ」

「で、どうなされた」

こんどは利次郎が身を乗り出し、

「いや、絵師北尾重政様のお眼鏡《めがね》に適《かな》うほどの女でしたか。それともその反対でしたか」

と問いを変えた。

「それが、よく見ると年増ながらになかなかの美形でな、俗に絵師の気持ちをそそる妍《けん》のある姿態と顔の持ち主なのだ。それでつい誘いに乗って描いてしまった。だが、その一枚の絵で終わりではなかったのだ」

と北尾が深い溜息をついた。

「三日前、下谷広小路で付きまとっていた男たちは、その女掏摸の仲間ではござらぬか、北尾どの」

「そういうことだ。その女、お延というのだが、掏摸の手練《てだ》れの上に親父を頭《かしら》にした仲間もおってな。その親父から、『北尾重政が無理矢理娘のお延を裸にして絵を描いた。この落とし前、どうつける』と脅されて、仕事も手につかぬし、稼ぎもできぬ。家にも戻れず、あちらこちら逃げ回っておるというわけだ。とどのつまりはこちらにな、小梅村に居候させてもらうことになったのだ」

北尾はお延の父親から三十両余り画代として貰いながら、未だ絵を描いていないことを皆の前で口にしなかった。

「北尾どの、掏摸の一件の折りに町奉行所に相談なされればようございましたな。さすればこのような厄介事には発展しなかったでしょう」

「今考えればそうすべきであったと思う。だが、春画めいた絵まで描いてしまって、どうにもこうにもあがきが取れなくなったのだ」

「呆れた」

とおこんが洩らした。さらに、

「ここにはお杏さん、早苗さんと、二人も若い娘さんがいるんですからね、そんな話は聞きたくなかったわ」

北尾は、おこんに叱られ、いよいよしゅんとした。

(はて、どうしたものか)

と磐音は思案した。

北尾重政には、奈緒の件でも、田沼意次の愛妾おすなが残した三味芳《しゃみよし》六代目鶴吉《つるきち》の三味線の一件でも、いささか恩義を感じていた。それだけにどうにかしてやりたいと思った。

だが、刻限も遅い。

「今宵は北尾どのの苦労話を聞いたところで散会といたしましょうか」

と磐音の言葉で夕餉は終わったのだ。

「早苗さん、今夕、ト部沐太郎忠道一味は尚武館に姿を見せなかったでしょうな」

とつい最前の夕餉の話を思い出す早苗に、母屋の手前で木下一郎太が念を押すように訊いた。

「来ませんでした」

頷いた一郎太は、居間に未だ座す磐音に向かって、

「遅くなりました」

と詫びた。そこには小田平助や辰平らが残っていた。

北尾重政が話した一件がなんとなく皆の心に残っていた。話を終えた北尾はどこかさばさばした顔で、

「坂崎さん、おこんさん、迷惑なのは分かっておる。じゃが、もうしばらく小梅

村に置いてもらえぬか」

と改めて願った。

「北尾様、掏摸だかなんだか知らないけど、いつまでも性悪女から逃げてばかりはいられませんよ」

「わかっておる。その踏ん切りをつけるためにも、蔦屋から頼まれた錦絵を描き上げたいのだ。その上でわしなりにけじめをつけたい」

と言い残し、弥助の長屋へと戻っていった。明日から絵を描くために仕度をするというのだ。

木下一郎太の顔には昼間よりもさらに一段と濃い疲労が刻まれていた。

「木下様、夕餉はどうなさいました」

「おこんさん、定廻り同心です。事が起これば飯抜きは当たり前のことです」

「残り物ですが、今すぐ仕度をします」

おこんがまだ後片付けをしているお杏と早苗のいる台所に急いだ。

「あのあと進展がございましたか」

磐音の問いに一郎太が頷いた。

「木下どの、北林満太郎の一件、ここにいる皆に話してようござるか」

磐音が許しを乞い、一郎太が頷いた。

「一同に話しておきます。昨日、辰之助どのが立ち合うた北林満太郎どのじゃが、首尾の松下の水面に骸で浮いているのを、本未明、荷船の船頭が見つけた」

「えっ、それは」

辰之助が驚きの声を洩らした。

「辰之助どの、そなたのせいではござらぬ。あの一撃は痛打ではござったが、鍛えられた者が命を落とすほどのものではなかったでな」

「その一件ですが、やはり毒殺でした。附子《ぶし》を飲まされたと奉行所付の医師が確かめました」

「毒殺とは、またなぜ」

辰之助が呟いた。

「未だ理由《わけ》は分かりませぬ。こちらで負けたことの責めを負わされたかもしれません。となれば、自ら飲んだということも考えられます。いずれにせよ、北林満太郎が得心して飲んだ、あるいは飲まされたとわれらは推測いたしました。死に顔に浮かんだ笑みはなんとも奇妙なものです」

と一郎太が答えたとき、お杏が茶碗酒を運んできた。

「夜遅く箱崎屋の娘御にまで気遣いさせて申し訳ございません」

一郎太はお杏に詫び、頂戴します、と言うとごくごくと二口ほど飲んで、

「落ち着きました」

と言った。そして、

「早苗さんから、卜部一党が尚武館に現れなかったと伺いました。それにはわけがあるのです。本日、秋田藩に関わりのある戸田一刀流《とだいっとう》太田庄右衛門《おおたしようえもん》どのが主の道場に現れ、昨夕こちらで述べたと同じ口上を告げて、卜部一党の一人堀村力耶《ほりむらりきや》が太田道場の門弟二人の頭を枇杷材《びわざい》の太い木刀にて打ち砕き、死に至らしめております」

「なんとしたこと」

「あやつら、太田道場にて間違いなくなにがしかの金銭を受け取って去ったようです。道場主は認めようとはしませんでしたがね」

「なぜさようなことを」

辰之助が険しい顔で尋ねた。

「未だ調べがついておりません」

と答えた一郎太が、茶碗酒をさらに一口飲んだとき、早苗とおこんが一郎太の

膳を運んできた。それを見た一郎太が、

「おこんさん、皆さん方との話を先に済ませます」

と断り、話を再開した。

「それがしがこの話を耳にし、笹塚孫一《ささづかまごいち》様に尚武館の出来事を伝えたところ、『すぐに調べよ』と三田同朋町《みたどうぼうちょう》の太田道場に出張《でば》ることになりました。そこでの聞き取りが済まぬうちに、笹塚様からの使いが来まして、半蔵門外隼町《はやぶさちょう》の鈴鹿《すずか》流の薙刀道場関口伊兵衛《せきぐちいへえ》方に一党が姿を見せて、道場主の関口どのと立ち合い、卜部一党の、坊主頭の清玄家直《せいげんいえなお》なる門弟が関口どのに勝ちを収めたと聞かされました」

戸田一刀流の太田道場も、鈴鹿流薙刀の関口伊兵衛も、江戸では名の知られた老練達者な遣い手であった。

「関口様は」

「絶命なされました」

一郎太が答えた。

「笹塚様の命で、江戸府内の町道場に立ち合いを禁ずる触れが出されて、その手配が終わったところです」

説明を終えた一郎太が、さらに、

「こちらのように日頃から猛稽古をしておられる町道場ばかりではありません。婿選びに立ち合いをなどとふざけた言い分につい乗ってしまうと、かような仕儀になります。武士である以上、尋常な立ち合いならば生死の責めまで町奉行所がとやかく言うのはおこがましく、そのことは笹塚様も重々承知です。ですが、二つの道場の立ち合いは呵責《かしゃく》ないものでした。敗北者の名誉を汚すような無残な仕打ちにございます。ゆえに無益な死を避けるためには致し方ない触れにございます」

「いえ、笹塚様の胸中、よう分かります」

と磬音が一郎太に応じた。

一郎太がようやく遅い夕餉を摂《と》り始めたのを見て、辰平らは長屋に戻った。

一方、一郎太は箸を使いながら、

「坂崎さん、笹塚様には今ひとつ思案がありましてな」

と笹塚の含みを伝えた。それを聞いた磬音が、

「その一件、承知仕《つかまつ》りました」

と答え、

「その代わりと申しては、いささか恐縮ですが」

と前置きして、北尾重政の小梅村逗留《とうりゅう》の謂《いわ》れを話し始めた。

二

北尾重政は弥助の長屋を画房に変え、そこに何刻も籠る日が続いた。ただし朝稽古を終えた磬音が声をかけると、母屋へと重政が従い、朝餉《あさげ》と昼餉《ひるげ》を兼ねた膳の前に座る慣わしがついた。

そんな日の膳の前で磬音が訊いた。

「どうですか、絵の思案はつきましたか」

「描く素材は頭に浮かんでいるのだがな、なかなかその先の工夫がつかぬ」

「稽古中の大声が道場から聞こえてまいりましょう。耳障りではございませんか」

「それがよいのだ。気合い声を聞くと安心してな、借金取りに追い立てられずに済むと思うだけで心が鎮まる」

重政の真剣な返事に磬音は微笑んだ。

「では、なぜ工夫がつかぬのですか」

「坂崎さん、子が生まれるにも十月十日《とつきとうか》の日にちが要ろう。絵とて天から易々と着想が下りてくるものではない。長い思考の末にかたちが見えてくる。考えが纏《まと》まりかけたと思うたら、また次の日には後退しておる。そんな日々が繰り返される。剣術の技を創意するのもそうではないか」

「剣の道は、生涯求め続けて答えが出ぬこともございましょう」

「絵とて同じよ」

二人の話を聞いていたおこんが、

「北尾様に十月十日も居座られたら尚武館がおかしくなるわ」

と真剣な顔で洩らした。

「なぜじゃな、おこんさん」

「だって、考えが定まれば、絵師北尾重政のことよ。婀娜《あだ》っぽい女人が出入りしてあられもない姿をするんじゃありませんか。門弟衆が平静を失います」

「それは困ったな」

「困ったでは済まないわ」

重政とおこんが掛け合い、それに磐音が加わった。

「されど、楽しみでもある」

「亭主どのったら、楽しみだなんて、なにを仰います。若い辰之助さんたちの稽古がおろそかになるのですよ」

「男心とはそのようなものじゃ。じゃがな、わが道場では女に惑うて稽古をおろそかにする者など一人もおらぬ。案じるな、おこん」

磐音が言い切った。

「自信ありげな考えほど信じられません。亭主どのとて怪しいものだわ」

夫婦の会話を聞いていた重政が吹き出し、

「尚武館の夫婦は、いささか変わっておるな」

「何年も一緒に流浪の旅をした仲ですからね。その旅先で空也を産んだのよ」

「少々のことでは動じないか。案ずるな、おこんさん。裸にした女をわしの前に立たせようにも、この北尾重政には女に支払う銭がない」

「どうするの」

「ゆえに思案を重ねているところじゃ。まあ、伊達《だて》に書肆の子として生まれ、長年絵師を続けてきたわけではないでな。これまでの経験から知恵を絞り出しておる」

「産みの苦しみの最中なの」

「まあ、そんなところだ」

磐音と北尾が朝餉と昼餉を兼ねた食事を終え、おこんが膳を下げ、お杏が茶を運んできた。そのお杏の仕草を見るともなく見ていた重政が、

「坂崎さんも婿選びの連中が来るのを待っておるようじゃな」

と、近頃外出せずに独り稽古や住み込み門弟の指導を熱心にする磐音に訊いた。

「はて、南町の笹塚孫一様の思案が当たりますか。江戸じゅうの町道場に触れを出し、卜部一党との立ち合いを禁じましたからな」

「この小梅村に呼び込もうという策のようじゃな」

老剣術家、鹿島神陰流卜部派と称する卜部沐太郎忠道ら一行は、二軒の町道場を訪ねて立ち合いを求め、三人を残虐な仕打ちで死に至らしめていた。そのことは読売が大きく報じた。ゆえに町奉行所の触れと相まって江戸じゅうに知れ渡った。むろん読売を唆《そそのか》して書き立てさせたのも笹塚孫一の考えだ。

その後も奇禍《きか》は繰り返された。

北品川宿に四兼《しけん》流道場を構える黒江《くろえ》新太左衛門《しんたざえもん》のもとへ卜部一党が姿を見せて、立ち合いを望んだ。

四兼流の創始者屋崎隼人豊宜《やさきはやととよよし》の血筋の黒江は、町奉行所の触れを知ってか知らずか、自ら木刀を持って立ち合った。その結果、立ち合いに敗れて大怪我を負った。

江戸に始まった四兼流は、天《てん》流、念《ねん》流、眼《がん》流、そして神陰《しんかげ》流の奥義《おうぎ》を極めつくしたゆえ、四兼流と称したほど豪胆な剣術で、黒江新太左衛門も腕に自信があったことが災いした。

木下一郎太の使いが、

「もはや、黒江様は剣術家としては生きてはいけませぬ。それほど酷《むご》い痛め付けにございます」

と伝えていった。

この四兼流黒江道場の奇禍から四日余りが過ぎていたが、その後、卜部一党の動静は小梅村に聞こえてこなかった。

「坂崎さん、ひなと申したか、あの娘の婿選びというのは真の話かな」

「はてどうでしょう。ただ、はっきりしておることは、婿になる者たちよりも卜部ひなのほうが恐ろしい力を秘めておるということです。婿に選ばれた者もいずれはひなにしゃぶり尽くされ、命を失うことになりましょうな」

「しゃぶり尽くされるか。恐ろしい女子ほど絵師の心を惹くのもたしか」

「北尾どの、あの娘の妖術にかかり、死んでもよいのですか」

「その覚悟はないな」

と応じた重政が立ち上がり、画房に籠るために母屋から姿を消した。

この次、重政が母屋に姿を見せるのは夕餉のときだ。

磐音は、木下一郎太に託した笹塚孫一との交換条件がうまくいくことを願った。

「おまえ様、絵師も生半可な仕事ではございませんね」

二人の男が喫した茶碗を下げに来たおこんが、泉水の周りに立ち止まって池の水の煌《きら》めきを見ている様子の重政に視線をやった。

「何事も新たな工夫をしようとすると必ず壁が立ち塞がる。その壁を突き崩そうと北尾どのは戦うておられるのであろう。あの御仁が女掏摸お延ごときの脅しに気を悩ませているとも思えぬ」

夫婦の会話の先で重政が懐から画帳を出し、水面の光の煌めきを写し始めていた。

この日の昼下がり、磐音は空也を相手に、庭で剣術の基となる構えや動きを教え始めた。何度も繰り返す根気のいる稽古だった。空也が飽きないように、磐音はあれこれと手を替え品を替えて、指導を続けた。

空也が磐音の跡を継ぐとしたら、長い歳月の修行を始めることになる。そうなれば、遊びで木刀を振り回すことではなかった。

この日、一刻ほど直心影流の基本の初伝を教えたあと、磐音は空也に尋ねた。

「空也、剣術はなんのためにあると思うな」

「強くなるためです」

「なんのために強くなるのだ」

「それは」

と空也が言葉を詰まらせた。

「空也、そなたの祖父佐々木玲圓は、直心影流の基となる考えをこう教えられた。『およそ兵法は暴を禁じ、乱を弭《や》め、民を安んじ、国を守る道なり』とな。兵法とは、空也が学ぼうとする剣術のことで、剣術修行のあり方がこの言葉に述べてある。空也には今は難しいであろう。剣術において邪《よこしま》な考えは最も忌《い》むべきものであり、強さや勝ち負けに拘《こだわ》ってはならぬ。世の中が穏やかにあれ、と願い、戒《いまし》めるのが剣術修行の求めることじゃ」

「父上、空也には難しゅうて分かりませぬ」

「今は分からずともよい。父とともに剣術修行をする間に少しずつ学んでいけばよい」

「父上といっしょに空也は剣術を稽古するのですか」

「そうじゃ、そなたが直心影流の基となる考えがおぼろにでも分かったとき、道場での稽古を許す。だが、今は父とともにこの空の下で稽古を重ねることになる。覚悟はよいか」

「空也はがんばります」

「雨の日も風の日も休むことはならぬ。できるか」

「できます」

父の問いに倅がはっきりと答えた。

「よし、今日の稽古はこれまでじゃ。父の木刀も片付けてくれ」

「はい」

と応じた空也が自分と父の木刀二本を抱えて道場に運んでいった。

いつの間に姿を見せたか、金兵衛が縁側に腰を下ろしていた。

「婿どの、五歳の空也に本式に剣術修行をさせようって考えかえ」

「いささか剣術修行を始めるには早うございましょう。ですが、空也は尚武館佐々木道場の跡継ぎ、また道場再興のためにも一日でも早いほうがよいかと考えました」

「いよいよ、そなたの跡継ぎの修行の始まりか。遊びたい盛りだ、ちょいと可哀《かわい》想《そう》な気もするがな」

「深川暮らしのわが師であった幸吉どのは、物心ついたときから深川で泥鰌《どじよう》や鰻を捕まえて家の暮らしを助けておりましたぞ」

「深川界隈の裏長屋の子供には当たり前の暮らしだ。遊びと稼ぎは付きものだからな」

「武士とて同じこと。三つ子の魂百までの教えどおり、早いほうがよろしいでしょう。剣術はだれのためになにをなすものか、それをまず空也は学ばねばなりません」

「最前の念仏のような、およそ兵法はなんとかというのがその理《ことわり》かえ」

「そういうことです」

「この爺さえ分からないのに、侍の子も大変だな」

金兵衛が洩らし、

「婿どの、読売が書き立てておる奇妙奇怪な爺剣術家と孫娘は、未だ小梅村に戻ってこないか」

と話題を転じた。

「未だ姿を見せませぬな」

笹塚孫一の思案は、こうだ。

これまで卜部の言葉に乗せられ立ち合った結果、三道場で三人の死人と幾人かの怪我人を出していた。

道場側が納得しての立ち合いゆえ、その結果うんぬんを町奉行所が問うことは難しい。だが一党は三道場でも他の道場でも金子を強いていた。となると話は別だ。強引に脅し取られたという書き付けをそれらの道場から提出させていた。

ために笹塚孫一としては江戸の治安を守るためにも、卜部沐太郎忠道一党をお縄にして白洲に引き出したいと考えていた。笹塚は小梅村の要所要所に同心や小者を配し、その秋《とき》を待っていた。むろん尚武館の坂崎磐音の手助けが得られると笹塚は考えていた。

卜部一党は町奉行所の企てを察していると磐音は思っていた。ならば早々に小梅村に戻ってくるとも思えない。時期をおいて奉行所の見張りがいなくなったとき、尚武館へ再度の立ち合いを求めてくると見ていた。

互いが根比べだ、と磐音は思った。

「婿どのよ、喪というのはいつ明けるものなんだ」

「田沼意知様の喪でございますか」

「それよ」

「格別に決まりはないようです。その家々、親族の間で決まった期間、世間との交際を避け、家に籠って身を慎めばよいことです。初七日を決まりにする家もあり、四十九日を喪中と考えるお方もありましょう。田沼家ではおそらく一年を服《ふく》喪《も》と考えておられるのではござるまいか」

「田沼老中は屋敷に籠るどころか、登城なさっているというじゃないか。喪中は明けた。いや、喪などなしということか」

「はて」

世間が田沼意次の行動を注視していた。

御三家をはじめ、田沼意次の登城には幕閣の中にも批判の声があるという。だが、田沼は淡々と登城し決められた執務をこなし、決められた刻限に粛々と下城していた。これは家治の後ろ盾あってこそできる行動であり、同時に城中の冷たい視線に対する意次の意地でもあった。

磐音には、田沼意次の心持ちが手にとるように分かった。それは安永八年（一七七九）二月、家基の暗殺騒動にからみ、佐々木玲圓とおえいが殉死した折りの磐音の心境を思い出せばよかった。

田沼意次は嫡子意知の横死をどう受け止めるべきか、日々煩悶《はんもん》しているに相違なかった。答えの出ない問いだった。

そして、家基、玲圓、おえいの報復を考えてきた坂崎磐音とて、ただ今の田沼意次に刃を振るうことになんの意味もないことを分かりすぎるくらい分かっていた。

玲圓は、磐音に、

（人の命を絶つことではのうて、活かす道を考えよ）

と諭した。

どうすればよいのか、未だ磐音の気持ちも定まらなかった。

「婿どのよ、奈緒様一家はどうしておられるかな」

金兵衛の気持ちはすでに田沼意次から奈緒一家に飛んでいた。

「弥助どのも霧子も山形城下に着いておりましょう。奈緒どの一家と会えればよいのですがな」

「ともかくよ、出羽国山形たって、どこにあるのかも分からねえや。遠いんだろうな、婿どの」

「江戸より百里以上離れた北の地にございます」

「百里たあ途方もねえ道中だぜ。箱根どころじゃねえな。奈緒様の子はいくつといくつだ」

「長男の亀之助《きのすけ》どのが六歳、次男の鶴次郎《つるじろう》どのがたしか五歳、娘のお紅《こう》どのが三歳と聞いております」

「六つを頭に三人の子を連れて山形から江戸まで旅するなんぞ、難儀の極みだぜ。それに奈緒様を付け狙う悪い連中が目を光らせているんだろ」

「おこんに聞かれましたか。ゆえに弥助どのが旅先から山形に走り、霧子があとを追ったのです。それがしが案ずるのは、奈緒どの一行がすでに山形を離れている場合です。山形から江戸に向かう場合、笹谷《ささや》峠を越えて奥州道中に出る道をはじめ、いくつかの道がございます。追っ手から逃れるために奈緒どのらが山形を離れたとしたら、弥助どのも霧子も見つけるのは至難の業《わざ》となります」

そうなれば、奈緒は必ずや女衒の一八を頼りに行動を起こすと思われた。

「会えるといいがな」

「もはや神仏のお力にすがるしか方策はございません」

磐音が答えたとき、利次郎が今津屋の老分番頭由蔵を案内して姿を見せた。

「おや、金兵衛さんも来ておられましたか」

「老分さん、わしも歳だね。差配の務めを果たさなきゃならねえのにさ、長屋の連中の、金兵衛さんがいねえほうが長屋の暮らしがうまくいくとか、目障《めざわ》りだから小梅村に行けとかいう口車に乗せられて、孫の顔を見に来るのが楽しみでさ、いささか務めがおろそかになっておりますよ」

と金兵衛が申し訳なさそうな顔をしてぼやき、

「どうせ婿どのと内密の話があるんだろ。わしは空也と睦月の顔を見てくるよ。おこんには今津屋の老分さんが見えたって知らせておくよ」

と言い残して縁側から去った。利次郎も道場へと戻り、磐音と由蔵の二人だけになった。

「暑い中、ご苦労に存じます」

「なあに川清《かわせい》の小吉《こきち》さんに猪牙で送ってもらいました。川風に当たりながらの舟旅ですよ」

と応じた由蔵が、

「未だ奇妙な一団は姿を見せませぬか」

「笹塚様のお手配が厳しくて、卜部一党も小梅村に近づくのは剣呑《けんのん》だと承知しているようです。捕まってお白洲での調べ次第では獄門台に乗ることだって考えられましょう」

「当然です。読売によると、尋常な立ち合いどころか、なにか怪しげな術をかけられ、身動きがつかないところを滅多打ちに嬲《なぶ》り殺したというではございませんか」

「木下一郎太どのは、さようなことまでは話されませんでした」

「いえね、私の知り合いの読売屋が、隼町の薙刀道場にだれよりも早く駆けつける運に恵まれたんですよ。だから、斬り殺された道場主の体を見たそうです。とても読売には書けないくらいの悲惨なものであったそうな」

「それは存じませんでした。もし尚武館に来るようならば、由蔵どのの話は必ず役に立ちます」

と磐音が肝《きも》に銘じた。そして、笹塚孫一が江戸府内の各道場に触れを出したのは、

「尋常な立ち合い」

ではなかったからかと得心した。

「おお、本日はこの一件ではございませんでな」

と由蔵が言い、

「山形藩秋元《あきもと》家江戸家老様とは、今津屋いささかご縁がございましてな。まあ、参勤交代の折りにはその都度、うちが御用立てしております。そこで本日、呉服橋内の江戸藩邸にお邪魔して、前田屋内蔵助様のお内儀奈緒様の苦衷をお話し申し上げたところ、『それは知らなんだ。紅花問屋前田屋が潰れしは、わが藩にも悪しき影響をもたらしておる。せめて内儀と子供なりとも助けぬでは、わが藩の面目《めんぼく》が立たぬ』とおっしゃいましてな、その場にて国表山形へ書状を認《したた》められ、早飛脚にて送ることができました」

「由蔵どの、なにより耳寄りな話にございます」

と言いながらも磐音は、最前金兵衛と話したように奈緒一家がすでに山形城下から抜け出ていないことを願った。

「江戸家老様は、前田屋の内儀一家が六月まで山形に留まっておれば、必ずや無事に江戸に届けるともおっしゃいました」

と由蔵が秘め事でも話すように言い出した。

三

さらに小梅村にいつもの時が流れていき、卜部一党が姿を見せる様子はなかった。

笹塚孫一の企てに卜部一党は乗ることなく、江戸を離れたのか。そんな憶測が小梅村の門弟の間にも流れた。

だが、磐音は自らの態度で辰平らに油断をせぬよう訴えた。それは、ふだんにも増して厳しく自らを律した独り稽古を続け、道場で速水兄弟らに稽古をつけ、昼過ぎからは空也に直心影流の教えの基になる動きやかたち、考えを丁寧に教授する行動で示した。

日々が静かに流れていった。

そんな一日、笹塚孫一と木下一郎太を乗せた町奉行所の御用船が尚武館の船着場に姿を見せて、磐音と四半刻ほど面談し、御用船は隅田川を下っていった。すると、小梅村のあちらこちらに配されていた笹塚孫一配下の見張りも姿を消した。

「おお、さっぱりしたぞ」

利次郎は見張りがいなくなった尚武館の門前に出て、大声を上げ、

「われら、町奉行所に助勢を求めているようで、なんとも情けなかったからな。自分の身くらい自分で守れるわ、そうではないか、ご一統」

「利次郎さん、磐音先生は決して油断してはならぬと戒めておられますよ」

住み込み門弟になり、辰平らと同じ釜の飯を食べ、ふだんにも増して厳しくも濃密な稽古を続けてきたために、一段としっかりした体付きに変わった右近が言った。

「右近どの、案ずるな。不肖重富利次郎、婿選びなどと称して尚武館に立ち合いを求め、あわよくば草鞋銭《わらじせん》を稼ごうなどという浅ましい魂胆《こんたん》の連中なんぞ眼中にないでな。ほれ、神原辰之助がなんとたったの一撃で粉砕したのをみれば、相手の力も知れようというものだ。翌日も立ち合いに来ると大言壮語しておきながら約束を反故《ほご》にして、他の道場を廻り、立ち合いというより妖しげな術を使い、無益な殺しを繰り返してきた連中だぞ。この利次郎様には通じぬわ。右近どの、そなたでも、あやつらを叩きのめすことができようぞ。辰之助にもできたことじゃからな」

利次郎が大仰に胸を張って右近に言った。

「あいや、重富利次郎どの、それがしの勝ちがまるで運か、偶《たま》さかの産物のような言い方にございますな。それがしの勝ちを利次郎どのはお認めになれぬのでございまするか」

辰之助が利次郎に絡んだ。

「おお、今にして思えば、あの怪しげな孫娘の妖術を磐音先生の気が封じておられたゆえ、そなたがあのようなふだん見せたことがない踏み込みと一撃ができたと思える」

「霧子さんがいないと利次郎様の口はよう回りますな」

杢之助が感心し、辰平も、

「利次郎、辰之助はふだんの力を発揮したゆえ鮮やかな勝ちを得たのだ。そなたが高言すればするほど、辰之助の成長を羨《うらや》んでおるように聞こえて、見苦しいぞ」

と注意した。

「なに、それがしが辰之助ごときに嫉妬しておると言うか。いや、それがしはただ、次なる機会に卜部一党が姿を見せた折りには、尚武館の真の力を存分に教えてやる心積もりじゃ。婿候補六人をそれがし一人で叩きのめしてくれん。あの妖しげな眼差しの孫娘など歯牙《しが》にもかけぬ、とこう宣告しておるのだ」

利次郎がいよいよ図《ず》に乗ったように言った。

利次郎らの大仰な掛け合いには、町奉行所の見張りの眼が消えてさっぱりしたことがあった。そしてもう一つ、卜部一党が未だ尚武館を意識しているとしたら、必ずやこの界隈に監視の者を潜ませていると考えていた。そしてこの掛け合いをその者に聞かせ、刺激して尚武館を訪れるよう仕向けるためのものでもあった。

だが、利次郎らの田舎《いなか》芝居めいた問答の甲斐《かい》もなく、卜部一党はひっそりとして姿を見せる気配は感じさせなかった。

季節はいつしか五月に入っていた。

出羽国山形に向かった弥助からも霧子からも山形到着の知らせは届かず、二人が奈緒一家と会えたかどうかの判断さえつかなかった。なにしろ江戸から百里以上も離れた地のことだ。無駄に騒ぐまいと磐音は己に言い聞かせていた。そして、田沼意知の横死騒ぎからひと月が過ぎ、胸に浮かんだことを行動に移すかどうか迷っていた。

そんなある日、臨時の住み込み門弟として日々研鑽する倅、李之助と右近の成長を確かめるためか、奏者番《そうじゃばん》速水左近が尚武館に姿を見せて稽古を見物した。見

所から二人の倅のきびきびした動きを確かめた父親の顔は満足げで、かたわらに立つ磐音に、

「先生、若年寄田沼様の喪に服するために尚武館が通い門弟の稽古を自粛したことは、わが愚息たちのためには不幸中の幸いというべきであったようじゃ。その通達を受けた二人は早々に『ならば住み込み門弟にしていただきます。先生がだめと申されても義姉上《あねうえ》にお願いします』と強引に小梅村に押しかけ、住み込み身分になりおった。いや、愚息ながら、あれはなんともよき判断であった。親ばかと言われるやもしれぬが、体がしっかりとして動作に無駄がのうて力強うなったようじゃ。親の身びいきかのう」

と嬉しさに目を細めた。

李之助と右近にとって、おこんは一時だけだが「義姉」であったことがある。坂崎磐音に嫁ぐために速水家に養女に入ったからだ。

李之助と右近は未だおこんを、

「義姉上」

と呼んでいた。

「親の身びいきではございませぬ。このひと月ほどは、寝ても覚めても稽古稽古

の日々。杢之助どの、右近どのは小田平助どの、辰平どののらの厳しい指導と立ち合いで大きく成長されました」

と磐音も正直に答えた。

「やはりさようか」

二人の倅の稽古を見る眼差しはいよいよ優しくなった。気持ちがおおらかになったか速水が言い出したのは、長く厳しい朝稽古が終わりに近づいた頃のことだ。

「磐音先生、そろそろ尚武館もふだんどおりの通い門弟の稽古を許されてよい時期ではないか」

「たしかに田沼意次様はかの騒ぎにも拘《かかわ》らず登城なされ、老中の職務を全うされておられると聞いております。ゆえに意次様の心底は別にして喪が明けたとも考えられます」

「すでに江戸城の内外でも、自粛していた日々の行事や商いを再開しておる」

速水の言葉に頷いた磐音は、

「ただ一つ懸念が」

「奇妙な妖術をつかう孫娘の婿選びと称して、江戸の剣道場に出没する妖しげな輩のことか。笹塚孫一どのも警戒を解かれたのであろう。いったん江戸を離れたと考えたほうがよいのではないか」

速水は磐音が迷う気持ちを察して言った。

「その者ども、このところ江戸で姿を見せておらぬのであろう」

「笹塚どのからそう聞いております」

「ならば通い門弟の稽古を許されてはいかがか」

しばし沈思した磐音が頷き、

「その旨、各門弟衆に通告します」

と応じ、胸に浮かんでいた通い門弟の稽古再開を宣した。

二日後、通い門弟たちが三々五々と姿を見せ、小梅村の尚武館道場は久方ぶりに活気づいた。

神保小路の頃からの佐々木玲圓の高弟、田村新兵衛《たむらしんべえ》や依田鐘四郎《よだかねしろう》らをはじめ、宮川藤四郎《みやがわとうしろう》、それに磐音が流浪の旅から江戸に戻り、小梅村に新たに尚武館坂崎道場を開いて以降の門弟、尾張藩や紀伊藩、さらには豊後関前藩の家臣たちが顔を揃えて、前にも増して大賑わいの様相を見せた。

それはそうであろう。

若年寄田沼意知の横死は、武家方にある緊張を強いていた。新番士佐野善左衛門の刃傷に一命を落とした意知の一件で、確かに老中田沼意次の権勢に、「陰《かげ》り」が生じていた。だが、未だ田沼意次は老中職を辞す構えは見せず、連日登城していた。そして、将軍家治が田沼意次を未だ信頼し、庇護していた。となれば、大名家も旗本御家人も、家治と意次の一挙一動を窺って、次になにが起こるか沈黙したまま見詰めるしかない。

そこへ尚武館から、

「通い稽古再開」

の通知を受けた門弟衆は、家中に断った上で小梅村へと姿を見せたのだ。庭先での槍折れの稽古、道場での立ち合い稽古と、稽古再開初日から活況を呈した。

辰平ら住み込み門弟も磬音を手伝い、久しぶりに通いの門弟衆との稽古をなした。

辰平が相手をしたのは、尾張藩江戸藩邸使番《つかいばん》の南木《なぎ》豊次郎《とよじろう》だった。そのかたわらには同輩の鳴海《なるみ》繁智《しげとも》もいた。

対面した辰平が竹刀を下ろし、

「南木豊次郎どの、いささか体の均衡が崩れて妙な癖がついておるように思えます。まず縁側の床に俯《うつぶ》せに寝てくだされ」

道場から縁側に移ると、南木をもろ肌脱ぎにして寝かせ、体の左右の均衡をみた上で、首筋から腰のあたりを手で触れて調べていった。

「左肩が落ちているには理由《いわれ》があります。腰骨が左右歪《いびつ》です」

辰平が南木の足先を見て、長さが違うことを鳴海に示して教えた。

「おお、たしかに南木どの、そなたの左足が一寸、いや六、七分は短いぞ」

鳴海繁智が言った。

「なに、それがしの足が短いてか。それはふだんから両刀を手挟《たばさ》んでおるでな、武士では致し方なき仕儀にござろう」

と言い訳した。

「いかにも武士は両刀の重さで左へと腰が沈んでおります。それをふだんの動きで治さねば、年老いて腰痛やしびれに悩まされます」

「松平辰平どの、そなた、剣術の指南にとどまらず、医師の技も承知か。そう言われれば、このところ腰が張って寒い日などに痛みおったわ。その上、体を動かす稽古をなさず座り仕事が多かったゆえ、体がいよいよ歪《ゆが》みおったかな。どうしたものか」

と南木が辰平に問うた。

「仰向《あおむ》けになり、力を抜いてくだされ」

南木が俯せから仰向けになり、

「こうか」

「さよう」

と応じた辰平が南木の両足の親指あたりを両手で摑み、
ぐいぐいぐい
と下方へ引っ張った。

「これは気持ちよいぞ」

と南木が答えた途端、辰平が、
ぐいっ
と力を籠めて、短くなっていた片足を引っ張った。

「おっ、これはい、痛いぞ！」

南木が思わず呻《うめ》いた。

「南木どの、お立ちくだされ」

辰平の言葉で南木が縁側に立ち上がり、腰の辺りを手で触った。

「なにやら体が軽くなったような」

辰平は南木の体の均衡を肩、腰、足と見ていたが、

「どうですか、鳴海どの」

「おお、最前まで下がっていた肩が左右真っ直ぐになり、腰の歪みが治っておるぞ。どうじゃ、ご当人は」

「軽やかじゃな。これならば辰平どのに指導を受けられよう」

「南木どの、稽古は当分やってはなりませぬ。まず体の歪みをしっかりと治してからにいたしましょうか」

「なに、稽古はだめか」

「ですが、体は適度に動かさねば体の歪みは治りません。あとでそれがしが体の使い方をお教えします。それを朝晩、長い刻の要はございませぬ。また家中に鍼《はり》、灸《きゅう》などの治療をなさる医師どのがおられるならば、そのお方の診断を仰ぎ、的確な治療を受けてくだされ」

「せっかく稽古をと思うて張り切って参ったのだがな」

「南木どの、この横木に両手で掴まり、足を軽く前に曲げてぶら下がってみてください。ほれ、このように」

辰平は南木の目の前で横木に掴まり、ぶらんと左右の足を前に曲げながら虚空に浮かせた。それは、辰平がいつも稽古終わりにしている運動だった。

「体の歪みを治すにはこの方法が結構効きます」

辰平はその後も南木にいくつか体の歪みを治す方法を教えた。それは木刀を使ったゆっくりとした動作で、右へ左へと体の要所要所を動かすものだった。南木が辰平の教えに従い、体を動かし始めた。

「鳴海どの、お待たせしました」

辰平の教えを聞いていた鳴海に声をかけた。

「辰平どの、それがしはどうであろうか」

木刀を提げた鳴海が尋ねた。

「木刀を置かれよ。素手のまま、両眼を瞑《つぶ》って左右の手を横に広げてみてくだされ。そのとき、左右が横一直線になるように頭に思い描くのです」

鳴海が辰平の命に従った。

「均整のとれた体付きにございます」

辰平がにっこりと笑って言った。

「そうか、南木どのと違うてそれがしの体は均整がとれておるか」

「長いこと稽古をお待たせ申しました。存分に汗をかきましょうか」

辰平の合図で鳴海との稽古が始まったものの、すぐに鳴海の息が上がった。

「どうなされました。このひと月、体を動かされておりませぬな」

はあはあ
と弾む息の鳴海が、

「いえ、毎日道場に出てはいたのですが」

「気を張って稽古ができませんでしたか」

「まあ、そういうことです」

「しばし休息し、息を整えられたら、小田様の槍折れの稽古に参加してくだされ」

辰平に命じられた鳴海が道場から庭に出た。すると待ちかねていたように、関前藩江戸屋敷の磯村海蔵《いそむらかいぞう》が辰平の前に立った。

するとと利次郎が、

「おい、辰平、そなたのところはえらく繁盛しておるな。一方、それがしのところにはなかなか相手が参らぬ。閑古鳥が鳴いておる。どういうことか」

「そなた、己の大力を承知しておらぬからな」

「手加減せよというのか。さようなことはできぬ」

「それがそなたの流儀ならばそれを押し通せ」

稽古の合間に言葉を交わした二人が指導を終えたのは、四つ半（午前十一時）過ぎのことだった。

「おい、辰平、体の歪みを治す術などどこで習うた」

稽古を終えたとき、利次郎が言い出した。

「そなたが指導の相手に困らぬのは、さような小細工を心得ておるからか。重富利次郎、辰平の世渡り上手を見倣わねばいかぬな」

と嘆息した。

「利次郎どの、剣術家が己の体の仕組みを知るのは当然のことにござる。とくにわれら武士は、常に大小を左腰に手挟んでおるゆえ、左腰に無理な負担がかかります。そのことに常に留意せねば、南木豊次郎どののように左右が歪になります。それに気付いて稽古を止められたのは、辰平どのの的確な判断にござった」

磐音が辰平の判断を褒めた。

「おい、どこで覚えたのだ。そなた一人の技にして隠しておくことはあるまい」

「利次郎、隠してなどおらぬ。それにこの場でそれがし一人だけが承知しておるわけでもない」

「なに、だれもが承知の知恵か」

「磐音先生をはじめ、豊後関前藩士ならばだれもが承知であろう。利次郎、そなた、近々関前藩江戸藩邸に仕官する身であったな」

「えっ、関前藩士ならば当然の心得か。それは知らなかった」

困惑の顔で利次郎が磐音を見た。

そんな道場の様子を長屋の弥助の部屋から北尾重政が眺めていた。磐音はその視線に気付いて、

(未だ成案ならずか)

と絵師の苦悩を思った。そして、利次郎に視線を向け直した。

「それがしは気付かなかったが、辰平どのが習うたのは、わが剣術の最初の師、中戸《なかと》信継《のぶつぐ》先生の神伝一刀流《しんでんいっとう》道場においてでござろう。中戸先生は、木刀を正眼に構えた姿勢が剣術の基ゆえ、悪癖のついた体付きでの上達はないと、常々われらに姿勢の正しさを注意してくだされた。本日、辰平どのの言葉で、それがし、中

戸先生の教えを忘れていたことに気付かされた。知っていながらその知恵を使わぬのは、知らぬ者よりも愚かにござる」

「そうか、辰平。そなたは、磐音先生とおこん様に同道して、豊後関前を訪ねたことがあったものな。何年前のことか」

「安永六年ゆえ七年前のことか」

「さような歳月が過ぎたか。それで、そなた、磐音先生の師中戸信継様からそのことを習うたか」

「いかにもさよう。それがし、その後武者修行で立ち寄った肥後《ひご》熊本《くまもと》の道場でもこのことを学ばされたのだ。磐音先生は忘れておられたと言われたが、それがしも南木どのの体の傾きを見て、はっ、と気付いたくらいだ。利次郎、若いうちはがむしゃらに稽古をしても、一晩眠れば体は元気になっておる。だが、人はだれしも老いていくもの。その折り、体の手入れを疎《うと》んじた者と手入れをなしたものの差が出よう」

「辰平、そなた、ふだんからそのようなことを考えておるのか。驚いたな、剣術家をやめても施術で食うていけよう。まずは、弥助様の長屋で、ぼうっ、として無益な日を重ねておられる絵師北尾重政様の頭の歪みを治したらどうだ」

弥助の長屋を振り返った利次郎の目と重政の視線がいきなり交わった。

「おや、こちらを眺めておられたか」

「ふっふっはは」

と笑った北尾重政が、

「たしかに尚武館の仁王様が言うとおり、わしの動かぬ頭をだれぞ治してくれぬかな」

と嘆いたものだ。

四

小田平助は、胸に苦しさを覚えて目を覚ました。

七つ(午前四時)に近い刻限であろう。尚武館道場が異様な妖気に包まれていた。

平助は、枕元の稽古着に着替えると脇差を腰に手挟み、稽古のあと手入れを怠らない愛用の槍折れを手に長屋を出た。

尚武館道場の真ん中に灯《とも》りが灯されていた。陰気な灯りだった。そのかたわらに、まるで居眠りでもするようにだれかが座していた。

いつもならばそろそろ東の空が白み始めてもよい刻限だった。ところが小梅村を漆黒の闇が包み、道場の灯りが儚《はかな》げにあった。

「だれやろか」

平助の呟きに呼応するように松平辰平と重富利次郎が姿を見せた。

「小田様、もしや」

「卜部一党が戻ってきたのではございませぬか」

辰平が手にしていた剣を腰帯に差した。

「おのれ、許せぬ」

道場に走り込もうとした利次郎の袖を摑んで、辰平が引き止めた。

灯りが消えた。

闇が辺りを包んだ。すると、
けらけらけら
聞き覚えのある笑い声がした。卜部ひなの奇妙に甲高《かんだか》い笑い声が闇に響くと、ふたたび灯りが一つ点《とも》った。そこは尚武館道場の北にあたる一角で、小さな灯りだった。

田丸輝信や速水杢之助、右近らも長屋から飛び出してきた。

「辰之助はどうしておる」

辰平がだれとはなしに訊いた。

「呑気《のんき》に寝ておるのではないか」

利次郎が答えたとき、二つ目の灯りが南の方角にあたる道場の隅に点った。

磐音はすでに備前包平《かねひら》を手に母屋の庭に出ていたが、東の空を見て、

(はて訝しやな)

と思った。

暗い闇が空を覆っていたからだ。

異常な気配は道場から漂い、四周を支配していた。

磐音は手に包平を提げたまま母屋から尚武館道場に向かった。

竹林から楓《かえで》林をも深い闇が覆っていた。

磐音は神経を尖らせ、辺りに気を配りながら、尚武館道場の庭に向かった。

そのとき、驚きの声が上がり、続いて速水右近の声が聞こえた。

「辰之助さんですぞ。道場の真ん中で居眠りしているのは」

と洩らした。

その瞬間、磐音は鹿島神陰流卜部派を名乗った卜部沐太郎忠道一党が尚武館に戻り、北林満太郎を破った辰之助の寝込みを襲ったか、人質として捕えたことを悟った。

磐音はいったん竹林と楓林の中に戻り、尚武館の見所側へと回り込んだ。

辰平らの見る前で灯りが四つに増えていた。その灯りは闇を照らす灯りではなく、闇の深さを知らしめる灯りのように思えた。そして、その灯りの背後には四人の婿候補が手に手に得物を保持して控えていた。

道場の真ん中に神原辰之助が首を前に垂らして座していた。その姿は未だ眠りの中にあるように思えた。

見所に卜部忠道とひなが最初の訪問のときのように座していた。ひなはこの日、緋色《ひいろ》地に二匹の龍が飛翔する図柄の打掛けを羽織り、舞扇を片手にもう一方の手に銀煙管を持ち、煙草を吸っていた。その紫煙がゆるく立ち上っている。

尚武館では格別なとき以外、酒を飲み、煙草を吸うことは禁じられていた。

「妖しげな灯りはくさ、青龍《せいりよう》、白虎《びやつこ》、朱雀《しゆじやく》、玄武《げんぶ》の四方に灯されておるばい。それも闇四神《やみしじん》たい」

長年諸国を旅してきた小田平助が呟いた。

天の四方、東西南北を司《つかさど》る四神を青龍、白虎、朱雀、玄武と呼んだ。だが、尚武館に灯された灯りは、闇を照らす四神というのだ。

「あの爺さんと孫娘はたい、妖しげな術で尚武館を乗っ取ったつもりたい」

「磐音先生に知らせねば」

速水杢之助が言った。

「杢之助さんや、案じることはなか。先生はすでに気付いておられるたい」

平助が言い切った。

「ならば、われらは辰之助を奪い返そうぞ」

利次郎が腰の一剣の柄《つか》に手をかけて尚武館の縁側へと歩み寄り、辰平らも続いた。そして、卜部一党の潜入に気付かなかった白山が恥じ入るように辰平らに加わり、低い声で唸《うな》った。

「そなたら、江戸のあちらこちらで残虐非道な所業をなしたようじゃな。この尚武館道場がそなたらの悪行を許すと思うてか」

利次郎の声は四つの灯りを揺らすほどに響き渡った。

けらけらけら

ひながまた笑った。

そんな対決の様子を、北尾重政がせっせと絵筆を動かして描いていた。

狂気に染まった妖しげな笑い声だった。その声に反応したのが白山だった。大きな声で吠えると、縁側から辰之助の元へと走り寄ろうとした。その白山に向けてひなの手から舞扇が飛ばされた。

「許さぬ」

見所脇から磐音の声が響いて、白山に襲いかかる舞扇を小柄《こづか》が貫き、道場の板壁に縫《ぬ》い付けた。

白山が眠り込んだ辰之助の体に飛びつき、守るように身構えた。

「尚武館は、われら直心影流を修行する神聖なる場である。卜部沐太郎忠道、妖しげな詐術を駆使して乗っ取れるものではない」

磐音の凛然《りんぜん》とした声が見所脇の戸口から響いて、四つの灯りを揺るがした。

尚武館道場の門に灯りが点った。

季助が予《かね》てから用意していた篝火《かがりび》に火を灯したのだ。明るく燃える篝火を季助が辰平らの元に運んできた。すると青龍、白虎、朱雀、玄武の方角で燃える灯りがさらに揺らいだ。

「卜部忠道、そなたの望みは孫娘に七人の中から婿を選ぶことであったな。すでにその一人、北林満太郎は神原辰之助どのが破った。その者を毒殺したは婿に相応《ふさわ》しゅうないゆえか」

「おお、ひなが満太郎に一度だけ情けを与えたあと、満太郎自ら毒杯を仰いだのじゃ。神原辰之助も満太郎と同じ運命《さだめ》じゃ」

「残り六人の婿候補から二人欠けておるが、満太郎と同じ道を辿らされたか」

「末次義吉《すえつぐぎきち》、佐野芳太朗《さのよしたろう》の二人は、臆病者ゆえ始末した。残る四人は一騎当千《いっきとうせん》の兵《つわもの》どもだ。坂崎磐音、そなたの弟子と生死を賭けた勝負をなそうか。それが約定であったな」

「卜部忠道、そなたら、約定の日に参らなかった。ゆえにその約束は反故にされた。そなたらが江戸の各所でひなの妖術を用い、対戦者の動きを封じておいて残虐にも殺め、また怪我を負わせた武術家らに代わりて、坂崎磐音が仇を討つ」

磐音の宣告に四隅の灯りを守ってきた四人の婿候補が立ち上がった。

「磐音先生、あやつらの始末、われらにお任せくだされ」

と利次郎が叫び、

「任せよう」

と磐音が答え、さらに、

「ただし、この坂崎磐音が先になすべきことがあるでな。すべてはそのあとに願おう」

「と、申されますと」

「まずは卜部沐太郎忠道と孫娘と称する売女《ばいた》の始末が先じゃ」

磐音が決然と言い切った。ふだん温厚な磐音が修羅《しゅら》と化していた。それは今津屋の由蔵や笹塚孫一から聞かされた卜部忠道らの人を人とも思わぬ非道と辱《はずかし》めに対する怒りからだった。

そのとき、陣笠《じんがさ》に火事羽織の出陣装束に身を包んだ南町奉行所年番方与力《ねんばんかたよりき》の笹塚孫一や捕り物姿の木下一郎太らが尚武館に走り込んできて、強盗提灯《がんどうぢょうちん》や御用提灯を照らしつけた。ために闇四神の力が失《う》せた。

「笹塚孫一どの、そなたとの約定、とくとご覧あれ」

と磐音が叫び、

「おう」

と笹塚が応じた。

尚武館の縁側から道場内にいつの間に入り込んだか絵師北尾重政が、見所の脇息に上体を凭《もた》せかけて座る打掛け姿のひなの、妖しげにも蠱惑《こわくてき》的な姿をせっせと画帳に描き止めていた。

「爺様、わが術を見よ」

「おお、わしが後見いたそうぞ」

すっくと卜部忠道が立ち上がった。鶴のように首、手足が長い痩身《そうしん》に、細身の剣があった。

卜部ひなは、銀煙管を手に未だ動かない。

磬音は神棚に向かって一礼すると、

「お許しあれ」

と願った。そして、包平を抜き、右手に保持した。

わーん！

と白山が吠え、未だ眠り込む辰之助の袖を咥《くわ》えて目覚めさせようとした。

その光景に鈍く光る眼差しをやったひなが、座した姿勢で気配もなく虚空に飛んだ。その瞬間、二匹の飛龍を描いた緋色の打掛けが脱ぎ捨てられ、ひなが銀煙管の火皿から打掛けに火種を転がすと、
ぱあっ

と大きな炎が上がり、飛龍二匹が火炎を上げながら磬音を襲った。

刀を手に磬音は、尚武館の床の上を素早く前転して、燃え上がる打掛けの襲来を避け、間合いを置くと立ち上がった。

銀煙管を口に咥えた卜部ひなは、尚武館の天井の梁《はり》に飛び乗っていた。

尚武館の建物は元々小梅村の百姓の持ち物だった。藁葺《わらぶき》屋根の下にあった中二階を取り払い、天井を高くしていた。槍、薙刀、どのような得物での稽古もできるようになっていた。

その一本の梁にひなが平然と立っていた。打掛けの下は白小袖《こそで》姿だ。

絵師北尾重政の目が爛々《らんらん》と光り、せっせとひなの姿を素描していった。

見所には老剣術家卜部忠道が、そして天井の梁には孫娘と称する娘がいた。

磬音はその間に位置をとり、二人の気配を睨んだ。

包平の大帽子《きっさき》が、梁から磬音の動きを窺うひなへとゆっくり回されていった。

きえっ
ひなの口から奇声が発せられた。

その瞬間、磬音は見所に向かって飛んだ。

鹿島神陰流卜部派の老剣術家が、

「ござんなれ」

とばかりに、磐音を引き付けるかのように細身の剣を構えた。

だが、磐音の飛翔は卜部忠道の予測を超えてはるかに迅速で、片手の包平がしなやかに回されて細身の剣を弾《はじ》き飛ばすと、細い鶴首の喉《のど》を、

ぱあっ

と斬り裂いていた。

「爺様《じじ》！」

ひなが絶叫とともに梁から磐音に向かって飛びかかっていった。祖父を一瞬にして斃された動揺が、ひなの間合いをわずかに狂わせていた。

磐音の包平はすでに祖父の卜部忠道から孫娘ひなへと攻めを変え、脇構えに移っていた。

ひなの動きを目で追いながら、画帳に動きや構えを素描する北尾重政の目がいよいよ輝いていった。

両手に握りしめた銀煙管の先端に、いつの間にか鋭利な刃が突き出ており、その尖った凶器とひなが一つになって、道場に立つ磐音の心臓《しんのぞう》を突き通すのを北尾重政は想像し筆を止め、見た。全身を凶器に変えた、

「白い飛翔」

だった。

辰平らも息を呑んだ。

ひなの動きは剣術家の技と考えを超え、妖しげで捨て身に見えた。

磐音は引き付けるだけ引き付けて、包平を、静かに虚空へと斜めに翻《ひるがえ》していた。

ただ一撃だった。

ひなを生から死へと送り込むのに十分な反撃であった。

白小袖が、

ぱあっ

と紅色に染まった。

どさり

ひなの体が床に転がり、手から尖った刃を持つ銀煙管が放れ飛んだ。

「ひな様」

四つの声が道場の四隅から響き渡った。

それに向けて利次郎や辰平ら、さらには木下一郎太ら南町奉行所の面々が駆け寄り、反撃を封じ込めた。

卜部沐太郎忠道一党との戦いは決した。

磐音は見所下に転がる卜部忠道とひなの死を確かめると両手を合掌させ、自らも手を合わせた。

「嫌な役を強いたな。この二人とて縄目を受けてお白洲に引き出されれば、獄門は免れぬ。天下の坂崎磐音の刃に斃れたのだ、不服はあるまい」

笹塚孫一の非情な声が磐音の背に響いた。

「この者たち、剣術家ではございませぬ」

「よう分かっておるではないか。鹿島神陰流に問い合わせたところ、返書が届いた。鹿島神陰流に卜部派などという分派はないそうじゃ。また卜部などという剣術家は門弟におらぬという。つまり騙《かた》り者だ」

磐音は頷いた。

「幕領にてこやつらしき一味が道場荒らしを繰り返し、二人の道場主を殺め、三人の剣術家に大怪我を負わせておる。祖父と孫娘、七人の婿候補の一行というで、まずこやつらに間違いあるまい。江戸での所業とは別にこれだけの罪を重ねておる。いかに剣術家同士の立ち合いというても許せぬ」

「笹塚様、繰り返しますが、この者たちは剣術家ではございませぬ。剣術を貶《おとし》める妖術使いにございましょう。なんのためにかような所業を繰り返してきたか」

「こやつらの仲間が四人おるで、真相がつかめればそなたに報告いたす」

と笹塚孫一が磐音に約した。

「真相とやらを聞かされても、この者たちの命も、この者らに命を奪われた者たちも戻ってはきませぬ」

「とはいえ、われらの務めは、なぜかような所業をなしたか調べることも役目でな」

磐音が笹塚孫一の顔を見た。

「なんのためにと問うておるか」

笹塚の反問に磐音はなにも答えなかった。

「かような妖しげな所業が繰り返されぬよう努める、と言い切れればよいがな、調べを尽くしたところで、残念ながらこれ同様の悪さがなくなるとも思えぬ。それでもそう信じなければ、われら、務めを続けるのは辛いものじゃ」

笹塚孫一が自らに言い聞かせるように言い、だが、その口調は吐き捨てるように聞こえた。

「笹塚様」

磐音が呼び、未だ尚武館の縁側でせっせと絵筆を走らせる北尾重政を見た。

「あの一件か、話はつけてある。だがな、尚武館の磐音先生、あの絵師どのを甘やかしてはならぬ。高樹の稲造、お延親子のような連中や借金取りに追い立てられていると思わせておいたほうがな、仕事は捗《はかど》りそうじゃ。どなたかも、そう願うておるでな。北尾重政には、そなたの節介、いや親切、当分言わぬほうがよいぞ」

笹塚孫一が言い残すと、

「稽古の邪魔をしたな。本日は休みにしたらどうじゃ」

「この二人の骸、いつ引き取っていただけるのでございますか」

と磐音が問うた。

小田平助と季助が二人のかたわらに線香を手向けていた。

「おーい、その辺に一郎太はおらぬか」

笹塚孫一が南町奉行所の配下に呼びかけると、

「木下どのは、御用船に筵を敷いて骸を運ぶ仕度をしておられます」

と返事があった。

「ならば、船が整い次第、二つの骸を南茅場町《みなみかやばちょう》の大番屋に移すぞ。尚武館道場の商いをこれ以上邪魔してもなるまい。道場主坂崎磐音どのには、こたびも南町奉行所としては大いなる迷惑をかけたでな」
と、取って付けたような言辞を弄した笹塚孫一が、
「坂崎先生や、戸板を貸してくれぬか。この者たちを船着場まで運ぶでな」
と新たな願いごとを優しい口調でした。

この日、尚武館坂崎道場の稽古はいつもより一刻半ほど遅れて、六つ半（午前七時）過ぎに始まった。戦いの痕跡《こんせき》の血のあとは辰平らがきれいに拭《ふ》き取ったので、六つの頃合いに稽古に来た門弟らは尚武館で騒ぎが起こったことに気付かなかったほどだ。

辰平や利次郎らは田沼意次一党との暗闘を繰り返して、勝者の気の重さも敗者の死も受け入れる術《すべ》を身につけていた。

住み込み門弟を続けていた速水杢之助と右近の兄弟は、この日、いったん通い稽古の暮らしに戻ることにした。道場主坂崎磐音の判断で通い門弟の道場入りが許されたからだ。そんな朝、師と妖術家二人の夢想もできない戦いに接して、兄弟の頭に鮮明に刻まれることになる。

「兄者、磐音先生と南町の与力どのは、なんぞ約定があったのであろうか」

二人は戦いのあと、笹塚孫一と磐音が話し込んでいるのを見ていた。

「笹塚様と約定があったかどうかは知らぬ。だがな、右近、磐音先生は辰平様や利次郎様に嫌な役をさせまいと考えられ、あの二人の始末を果たされたのだと思う」

「ああ、そういうことか」

右近の言葉のあと、二人はしばらく黙していた。

「われらが磐音先生の域に達するには、五十年の生涯をいくたび繰り返せばよいのか」

ぽつんと杢之助が呟いた。

「わからぬゆえ稽古を積む。兄者、それしか手はあるまい」

「さあ、こい、弟よ。兄が稽古をつけてやろう」

「負けるものか」

杢之助と右近が竹刀を構えて稽古を始めた。

その様子は、その昔、でぶ軍鶏《しゃも》、痩《や》せ軍鶏と呼ばれていた時代の重富利次郎と松平辰平の激しい稽古を思い出させた。

第五章　失意の方

一

この日、磐音は、独り稽古も門弟衆を指導する朝稽古も休んだ。珍しい出来事だった。

夜明けの刻限、その姿は、駒込勝林寺《こまごめしょうりんじ》にあった。

臨済宗妙心寺派の萬年山勝林寺は元和《げんな》元年（一六一五）、御典医中川元故が開基、僧了堂を開山として湯島天神の前に創建され、明暦《めいれき》三年（一六五七）の大火で駒込蓬萊町《こまごめほうらいちょう》に寺を移した。

本尊は釈迦如来《しゃかにょらい》坐像である。

磐音は本堂の前で一礼して合掌し、墓所へと足を踏み入れた。

火事に縁がある寺で、明暦三年に続いて享保六年（一七二一）、明和《めいわ》九年（一七七二）と寺の建物は焼失し、中興開基田沼意次によって再建された。

磐音は、白み始めた朝の光の中で若年寄田沼意知の新しい墓を見つけた。さほど大きな墓石ではない。

田沼意次の父、意知の祖父意行《おきゆき》の墓石の隣にあった。

意行は享保十九年（一七三四）十二月十八日に四十七歳で死去していた。この折り、田沼家と勝林寺は関わりができた。

しばしその墓石の前に立った磐音は、腰から五条国永《ごじようくになが》を抜き、腰に脇差越前康《えちぜんやす》継《つぐ》だけを残した。この五条国永と越前康継の大小は、神保小路の佐々木邸の敷地に埋められてあった古甕《ふるがめ》から出てきたものだ。鵜飼百助《うかいももすけ》が年余をかけて研ぎ上げ、新たな拵《こしら》えを自ら施したものだった。なぜならば短刀越前康継には、茎《なかご》の表側に葵の御紋とともに、

「三河国佐々木国為代々用命　家康」

と銘が刻まれていた。

神保小路に拝領屋敷を領してきたのは、一介の旗本ゆえではなかった。佐々木家には、

「用命」

が神君家康より授けられていたのだ。その証《あかし》の一剣であった。

磐音は夏羽織を脱ぐと、墓石のかたわらに置き、手首にかけてきた数珠《じゅず》を手に、田沼意知が葬られた墓前へと額《ぬか》ずいて合掌した。

あの騒ぎから四十九日を迎えようとしていた。

この墓の主を死に至らしめた佐野善左衛門の墓には、お参りする人の線香の煙が絶えないという。一方佐野によって命を落とした田沼意知の墓を訪れる人は少ないと聞いていた。だが、田沼家の墓はきれいに清掃がなされ、参詣する人がいることを示していた。

磐音はただ合掌し、心を平にし、ただ刻を過ごした。その脳裏に親鸞《しんらん》の言葉が去来した。

〈善人猶《なお》も以て往生を遂《と》ぐ、況《いわ》んや悪人をや〉

悪人とは暗闘を繰り返してきた己であり、田沼意次であった。そして、この墓の主田沼意知も磐音らと数多《あまた》の戦いを繰り返してきた間柄だ。だが、互いが相手のことをよく承知していたとは言い切れなかった。運命と呼ぶべきものにより敵対する関わりが続き、血を流し、命を落とし、傷つけ合ってきた。

だが、田沼意知は往生を遂げた。

磐音は恩讐を超えてあの世に旅立った者の回向をしようと墓の前で瞑目《めいもく》し、手を合わせ続けた。

どれほどの時が流れていったか。

磐音は人の気配を感じて、静かに両眼を開き、合掌を解いて立ち上がった。

墓に向かって一礼した磐音は、五条国永を腰の短刀越前康継のかたわらに戻した。夏羽織を手に人の気配のするほうを見た。

一人の老人が立っていた。細面に痩身、眉も眼も口元も細く顎《あご》が尖っていた。その顔立ちは並外れた明晰《めいせき》な頭脳を示していた。老人の顔になんとも複雑な驚きが広がっていくのを朝の微光が知らしめた。

「坂崎磐音か」

磐音は首肯すると、

「田沼意次様」

と応じた。

二人の間に数間の空間があった。

田沼意次は意行の嫡男《ちゃくなん》として享保四年（一七一九）に江戸で生まれた。よって意次は六十六歳であった。

一方坂崎磐音は、延享《えんきょう》三年（一七四六）に豊後国関前城下に誕生した。ゆえに不惑を前にした三十九歳であった。

磐音と意次、初めての対面であった。

だが、互いがすぐに正体を悟った。無数の暗闘を繰り広げてきた間柄ゆえに、それぞれが作り上げてきた「像」がそれを教えた。お互いが心に深い傷を負い、その傷が癒《い》えぬうちに新たな憎しみを重ねてきた。

磐音は徳川家基を眼前の人物によって毒殺され、養父佐々木玲圓と養母おえいが殉死に追い込まれた哀しみを有していた。いや、数多の有為の人々が、この老人の命《めい》によって殺され、亡くなっていた。

田沼意次もまた磐音らの反撃によって愛妾のおすなをはじめ、多くの人材を失っていた。そして、つい先日には城中で跡継ぎの意知を殺害されるという悲劇を経験していた。

「なにゆえ意知の霊前に額ずくや」

「近しい者を失うた哀しみは、この坂崎磐音、よう承知しておりまする。四十九日を前に墓前に詣《もう》でたは、そなた様とわれらの間で斃れし者たちの霊を慰めようと考えたにすぎませぬ。すでに身罷られた田沼意知様に憎しみや怨《うら》みを持ち続ける要はありますまい。田沼意次様、ご迷惑にございましたか」

「坂崎磐音、われらの戦いは終わってはおらぬ」

「承知しており申す」

「それとこれとは別と言うか」

「田沼意知様もまたわれらの戦いの犠牲となられた一人にすぎませぬ」

「戦いは続く」

老人がはっきりと繰り返した。

「いかにも、終わってはおりませぬ」

と答えた磐音に田沼意次が、

「そなた、佐野善左衛門政言の知り合いじゃそうな」

と質した。

「いかにも、とある人の口利きで知り合うておりました。ただし、腹蔵《ふくぞう》なく話をする間柄ではございませなんだ。われらは、佐野善左衛門様のためにどれほど振り回されたか。佐野様はそなた様の力に縋《すが》り、いささかの出世を望んだ小人物にすぎませぬ。そなた様はそれにお応えにならなかった。その結果、三月二十四日の城中での刃傷へと繋《つな》がったのでございます」

意次は顔を歪め、怒りを爆発させようとした。だが、必死で自制し、沈黙を守った。顔が失意の色に塗《まぶ》された。弱々しい声で問うた。

「そのほうは関わりないと言うか」

「田沼意次様、それがし、この胸に決して忘れえぬ哀しみを抱いております。その借りを返すには、この手でそなた様を斃す、必ずや成し遂げると心に決めてお り申した。それがしの願いをあの佐野様は無残にも打ち砕かれた。それがしの哀しみと怒りの矛先、どちらに向ければよいのでございましょうか」

静かながら怒りを含んだ者同士の会話に気付いた者たちがいた。

勝林寺の墓所に田沼意次の家臣たちが乱入してきた。

「何やつか！」

と一人が叫び、もう一人が、

「嗚呼《ああ》、おのれは尚武館の坂崎磐音ではないか！」

「おのれ、許さぬ！」

と家臣たちが刀を抜き連れた。

「田沼意知様の霊前で新たな憎しみを重ねられますか」

と磐音が問い、意次が手で家臣たちを制した。

「坂崎磐音、そなた、未だ哀しみと怒りを胸に抱いておると言うたな」

「いかにも」

「哀しみと怒りの矛先をどちらに向ければよいかと問うたな」

「はい」

「われら、わずかの間で対面しておる。そなたの腕ならばこの田沼意次を斬るのはいと容易《たやす》きことではないか」

「田沼意次様、そなた様を斬ってそれがしの哀しみが癒え、怒りが薄れましょうや」

「はて、それは」

途中で口を噤んだ田沼意次に、この老人もまた答えを見いだせぬまま戦いを続けるかどうか迷っていると磐音は思った。

「坂崎磐音、われらの間には数えきれない憎しみと、無数の亡者が横たわっておる」

「いかにもさよう」

「そなたにも答えが出せぬか」

「剣に生きようと思うてはおります。されど、われらの前に斃れし者たちがそれを許してくれますかどうか」

磐音の言葉に田沼意次が小さく頷いた。

「田沼様、老中を辞するお考えはございませぬか」

「辞して事が済むならばどれほど楽か。意知の菩提を弔うて、残りの世を生きることができればな」

田沼意次の声はしみじみと磐音の耳に聞こえた。磐音の口から言葉が洩れた。

「御不審を蒙るべきこと、身に覚えなし」

眠ったように細められていた意次の両眼が、

くわっ

と見開かれて磐音を射た。

「田沼意次様、御不審を蒙るべきこと、身に覚えなしと、意知様の墓前で言い切れますか」

「意知の骸に幾百たび、その言葉を話しかけたことか」

意次の言葉は哀しみと寂しさに溢《あふ》れていた。

「佐野様の狂気が田沼意次様の心積もりを反故にし、それがしの企てを破り捨て去りました。それでも、われら二人の背には数多の怨念《おんねん》や辛《つら》みが重なり合うております」

「となれば最後まで戦うしかあるまい」

「はい」

何度繰り返した問答か。

磐音は田沼意次に一礼すると、するすると後ろに下がった。

「最後に一つだけ田沼様にお願いがござる」

「言うてみよ」

「田沼様より差し向けられし刺客、それがし、ことごとく退けて参りました。されどこれから迎えるとあるお方とは、勝敗の行方は分かりませぬ。かのお方が田沼様とどのような縁があるのやも存じませぬ。われら、剣術家同士として改めて尋常の勝負を約定いたしました。それがしが斃れた折り、積み重ねた互いの怨念を忘れ、矛を収めていただくわけには参りませぬか」

「土子順桂吉成、あやつが最前の予《よ》の言葉をそなたに洩らしたか」

田沼の低声《こごえ》に磐音は黙っていた。

「そなた、六十六で倅を失うた哀しみが分かるか」

「家基様に殉じた養父養母の後継の苦しみが田沼様、お分かりにございますか」

お互いがお互いの傷を責め合った。

しばし顔を向け合ったまま改めて一礼すると、磐音は勝林寺から姿を消した。

田沼意次は黙って見送った。見送ることを家臣に無言で命じた。


磐音が小梅村尚武館坂崎道場に戻ったのは、五つ（午前八時）前のことだった。

通い門弟衆を含めて五十数人が稽古に励んでいた。

見所には速水左近がいて、稽古着姿の依田鐘四郎が稽古を見ていた。

磐音は、いったん母屋に立ち帰ると稽古着に着替えて、道場へと戻った。

速水左近に一礼すると、

「それがしに代わっての指導の務め、ご苦労に存じます」

と久しぶりの鐘四郎に挨拶した。

「磐音先生、稽古を願おうか」

「お願い申します」

磐音と鐘四郎は長くも濃密な付き合いだ。道場でどれほど対戦したか、二人とも勘定ができないほどだった。

二人は竹刀を構え合い、一瞬見交わすと、鐘四郎が正眼から磐音の面へと打ち込んだ。それを躱す磐音の竹刀とさらに追い討ちをかける鐘四郎の竹刀が絡み合い、離れ、また打ち合った。

時に二人が攻守を交代し、また元へと戻った。

頃合いを見た鐘四郎が、

すいっ

と磐音から離れた。

「今朝の磐音先生の攻めは、常にも増して自在にしてきつうございましたな。いつもなら年上のそれがしに花を持たせて手控えていただくのですが、なかなか厳しゅうございましたぞ。これ以上続けると無様な姿をさらしそうで、それがしのほうから退きました」

鐘四郎が苦笑いした。

「なんぞござったか」

見所の速水左近も問いかけた。

「いえ、格別には」

磐音は駒込勝林寺に田沼意知の墓参をしたことも、墓前で田沼意次に会ったこともだれにも話すつもりはなかった。

田沼意次との対面と短い会話が今後の戦いにどう影響するか、磐音にも予測がつかなかった。はっきりしていることは、戦いが続くということだけだった。

磐音は鐘四郎のあと、尾張藩の馬飼十三郎《うまかいじゅうざぶろう》や紀伊藩の田崎元兵衛《たさきげんべえ》らと立ち合い、鬱々《うつうつ》とした思いを汗とともに吐き出した。

朝稽古を終えたあと、住み込み門弟らは井戸端で汗を拭いながら話をするのが楽しみの一つだった。

「杢之助どの、右近どの、屋敷に戻られて安心なされましたか」

神原辰之助が速水兄弟に訊いた。

道場内では長幼《ちょうよう》の序《じょ》に従い、先輩門弟が呼び捨てにした。だが、道場を出ると、互いの立場を尊重して、敬称をつけるのが尚武館の仕来りだった。むろん同輩の辰平や利次郎、田丸輝信はその慣わしを選ばなかった。

「いえ、それがし、一日じゅう稽古に明け暮れる小梅村が懐《なつ》かしゅうございます。ここでは、一々膳の作法も口うるさく申されませぬし、義姉上は見逃してくれます。ところが母上といったら、うるさいのなんの」

「なに、そなたらの母上は口うるさいか」

「兄上よりとくに次男のそれがしへあれこれと注文がつきます。婿養子に入るために行儀作法をきっちりと身につけよとか、言葉遣いは丁寧にせよとか、まあ、それがしがいくつになったか、母上は忘れておられます」

「右近どの、小言を受けるうちが花ですぞ。それがしのように二十歳を大きく過ぎますとな、母などそれがしが田丸家にいることすら忘れておられる。それがし、尚武館に生涯おることになりそうじゃ」

と輝信がぼやき、

「よいな、辰平と利次郎は。仕官先が決まっておるでな」

と二人に矛先を変えた。

「そうだ、それがしも婿入り先がなければ、義姉上のもとで尚武館の門弟を続けます。そのほうがなんぼか楽か」

「輝信、右近どの、磐音先生がそなたらのことを考えておられぬわけはなかろう。待てば海路の日和《ひより》ありと言うではないか。気を大きく持たれよ。のう、辰平」

利次郎が辰平に話を向けた。

「おーい、尚武館の大飯喰らいども。竹刀や木刀の音は爽《さわ》やかでよいがな、井戸端で愚痴を言い合うのを聞いておると、なにやら裏長屋の女どものお喋《しゃべ》りのように聞こえてかなわぬ。絵師北尾重政が塗炭（とたん）の苦しみにあるというに、呑気なものじゃな。そのような性根では婿の話など舞い込むものか」

　北尾重政が弥助の長屋の戸口から顔を出して叫んだ。

「ありゃ、居候のくせにあのような口を利きおるぞ。そうじゃ、絵師北尾重政先生、それがしを弟子にとる気はござらぬか」

　輝信が居候絵師に将来を願うつもりか訊いた。

「輝信、いくら錦絵の第一人者というても借金取りから逃げて、ここに匿われておるのだぞ。そのようなところに弟子入りしても飯は食えまい」

「利次郎、やっぱりあの先生に期待してもだめか」

「だめじゃな。銭になる絵を描き上げるのが先か、長屋の主の弥助様が戻ってこられるのが先か。まず弥助様方が小梅村に戻られるのが先であろう。そうなると、北尾重政先生は小梅村から放逐されて、また借金地獄じゃぞ」

「おおい、仁王の片割れ、錦絵『小梅村夏景色女五態』が出来上がれば、飛ぶように売れて、借金などあっという間に返せるわ。どうだ、母御が書道の達人の倅どの、あとで北尾重政に弟子入りしとけばよかったと後悔しても知らぬぞ」

「なにやら武左衛門様と同じ話しっぷりじゃな。北尾重政、老いたりか」

「うるさい！」

と叫んだ重政が長屋の障子を閉めて、また創作の場に戻った。

「尚武館の先生よ、山形から早飛脚じゃぞ」

尚武館の門前で飛脚屋が叫んだ。

「おっ、噂をすれば影、弥助様か霧子からの書状じゃな」

利次郎が受け取りに行き、弥助からの書状であることを確かめ、

「それがしが母屋に持っていこう」

と門前から竹林と楓林の道に走り込んだ。

母屋では磐音と速水左近、依田鐘四郎が談笑していた。

「先生、山形から弥助様の文が届きました」

利次郎が磐音に渡し、

「霧子は弥助様にうまく会えたのでしょうか」

と霧子の身を案じた。

「利次郎どの、お待ちなされ」

磐音は三人の見詰める中で文を披いて黙読した。そして、途中で、

「利次郎どの、安心なされ。弥助どのと霧子は両替屋雄物屋の口利きで再会を果

たしたそうです」

「おお、それはよかった」

利次郎が安堵したか、上がりかまちに腰を下ろして、書状の先を読む磐音を見た。すると、磐音の顔がだんだんと険しく変わっていくのが分かった。

「どうかなされたか」

速水左近が磐音に尋ねた。

「ご一統様、弥助どのの書状によれば、奈緒どの一家の行方が分からぬそうでござる」

「すでに山形城下を出られたということですか」

「利次郎どの、城下外れには前田屋に未だ借財があると言い張る連中が網を張っておるそうな。女衒の一八どのが奈緒どの一家といっしょかどうかも分からぬが、雄物屋に預けた金子七十両余は、取りに来ておらぬというし、この金子がなければ旅もできますまい。むろん雄物屋にも悪い奴らの見張りがついておるそうです。ということは悪い奴らに捕まったわけではない。奈緒どのらは山形城下のどこかに潜んでおると考えられるとか。弥助どのと霧子が先に奈緒どの一家を見つけるか、悪い連中に先を越されるか、地の利はあちらにあるが、前田屋の奈緒どのには人徳があるゆえ、密かに匿う人が未だいるそうな。雄物屋も動いておるゆえ、その点はこちらに有利と認《したた》めてある」

「なんとのう」

「ともかく奈緒どの一家を無事に探し出すことが先決にござる」

と答えながら磐音は、弥助たちが先に奈緒一家を見つけて山形藩秋元家に連れ込んでくれれば、まずひと安心だがと密かに考えていた。

二

時は流れ、日が重ねられた。

尚武館では、磐音をはじめ多くの門弟衆がひたすら稽古に打ち込んでいた。

そんな日の昼過ぎ、ある人物が駕籠に乗ってふらりと小梅村の磐音を訪ねてきた。尚武館ではなく母屋の玄関にだ。

おこんにより磐音のいる座敷に案内されてきた人物が黙礼した。おこんが座布団を出し、客は磐音と対面して座した。

「珍しき御仁がお見えになりましたな」

「坂崎磐音様、一別以来でございますな。最後に会うたのは白鶴太夫が吉原で全盛を誇っていた頃になりましょうか」

蔦重《つたじゆう》こと蔦屋重三郎は、吉原の遊女の案内本『吉原細見《よしわらさいけん》』の小売りから始まって、洒落本《しやれ》、黄表紙、狂歌本、錦絵出版に手を広げ、最近では地本《じほん》問屋が軒を連ねる日本橋通油町に店を移して、江戸の出版界に大きな力を発揮していた。

寛延《かんえん》三年(一七五〇年)生まれゆえ三十五歳の若さであったが、五体には自信と貫禄が備わっていた。

「蔦屋どの、商売繁盛なによりにござる」

「お互いにあれこれとございましたな」

「江戸の地本問屋として日の出の勢いの蔦屋重三郎どのが、小梅村に昔話をしに見えられたわけではござるまい」

蔦重が笑い、

「世話をおかけしましたな、坂崎磐音様には」

「話はつきましたか」

「絵師が女に手を出すのは珍しいことではございません。ですが、こちらに転がり込んだ北尾先生は見境なしだ。柳橋の芸者に入れ込んだかと思ったら、質《たち》の悪い女掏摸なんぞに引っかかって、逃げ隠れしておられます。挙句の果てに、家基様の剣術指南であった坂崎様のもとへ逃げ込んだと南町の木下一郎太の旦那に聞かされて呆れ果てました。そうでなくとも、坂崎様は老中田沼意次様と勝つか負けるかの戦いを繰り返しておられるのです。さようなところに居候するとは驚きました」

「木下どのの伝言、聞かれましたな」

「女掏摸のお延の親父、高樹の稲造には、木下の旦那がきつく灸を据えましたので、もはや北尾先生にまとわりつくことはございますまい。お延が掏り取った財布十二両なにがしの一件をこたびだけは見逃す代わりに、北尾先生が稲造から画料として借りた三十両は忘れよ、と強く命じられました。あやつら親子とて、小伝馬町にしゃがむより、木下の旦那に恩を売っておくのが得と考えたのでしょう。北尾先生が認めた三十両の画料前払いの書き付けはこれにございます」

蔦重が磐音に差し出した。

「それは手早い」

磐音は書き付けを広げ、呆れた。

画料前払い金の名前を記すところには、北尾重政が平伏している絵が描かれていた。

「これで北尾どのは安心して浅草聖天町の画房にも阿部川町の家にも戻れよう」

「そういうことです。うちだってね、先生の空約束を聞かされて何度金を渡したことか。北尾先生にはだいぶ前貸しがございます。ここいらで一発大きな仕事を当ててもらわないと、うちでも困るのでございますよ。どうしておられますか、先生は」

「長屋の一角に住まいして、なんぞ呻吟《しんぎん》しておられるようじゃ」

「酒はどうです」

「夕餉の折りにわれらとそこそこ付き合う程度です」

「ほう、とすると仕事をする気になりましたかね」

「なんでも小梅村の夏景色を描くとか、思案されているようじゃ」

蔦重の目がきらりと光った。

「じゃが、だれも絵を見たものはおりませぬ」

「いえ、酒を断ち、思案を口にするなど、久しくなかったこと、本気かもしれません。小梅村はよほど居心地がいいのかな」

茶菓を持参したおこんが、

「そう長居されても困ります」

と言い、おこんの後ろからお杏が姿を見せた。

「おや、このような美形が尚武館におられましたか。まさか」

「まさかとはなんです、蔦屋さん。この女子衆は筑前《ちくぜん》博多の豪商箱崎屋の娘御です。所帯を持つ相手もおられます」

「おこんさん、私はなにも言うておりませんぞ」

「目は口ほどにものを言います」

お杏がもじもじしていた。

「お杏さん、蔦屋さんは今を盛りの地本問屋ですよ。絵師だって、うちに居候の先生から喜多川《きたがわ》歌麿《うたまろ》さんまで抱えておられるのです」

おこんの説明にお杏が、

「江戸はあれこれと珍しい商いがあるところですね」

と感嘆した。

「お杏さん、北尾重政先生は、今津屋時代のおこんさんを錦絵にしなかったのがかえすがえすも口惜しいと未だに言うておりますよ。おこんさんは坂崎様の嫁になられて、ふくよかな貫禄をそなえられました」

「蔦屋さん、時は後もどりできません」

たしかにね、とおこんに返事をした蔦重が、

「坂崎様、おこんさん、ちょいと長屋を訪ねて、北尾の旦那と話をしてその気になれば川向こうに連れ帰ります」

と言った。

「お願い申します」

おこんが答え、蔦重が、

「庭下駄をお借りしますよ」

と沓脱《くつぬぎ》の下駄を履くと尚武館の長屋に向かった。

「おこん様、なぜ錦絵をお断りになったのでございますか」

「なぜでしたかね」

おこんが磐音を見た。

「昔むかしのことですよ。その代わりというのも変だけど、山形におられる奈緒様は、北尾先生の手で吉原入りの様子が錦絵に描かれて大変な評判になったのですよ」

「吉原会所の四郎兵衛様がいつぞや、蔦重と北尾重政は、白鶴に一文も払わずに

大金を稼いだ、とぼやかれるのを聞いたことがある」

「北尾様の手にかかった錦絵ならば生涯の思い出にございましたのに、おこん様」

お杏が残念がった。

蔦重は一刻半（三時間）後にふたたび母屋に姿を見せた。

「おや、まだおられましたか。もうとっくにお帰りかと思うておりました」

とおこんが応じたほど、弥助の長屋、ただ今では北尾重政の仮画房に長居したことになる。

磐音は蔦屋重三郎の顔が上気しているのを見た。

「坂崎様、おこんさん、ちょいとお願いがございます」

蔦重が改まった口調で言い出した。

「どうなさいました」

「北尾先生は、この小梅村が気に入ったというのです。もうしばらく居候させていただけませんか」

「もはや怖い借金取りに追い回されることはあるまいに」

「へえ、それが、小梅村で新規な錦絵を描き上げたいと言われるのでございますよ」

「なんぞ目に留まることがございましたか」

「ひょっとしたら大化けする絵になるかもしれません。反対にまったく売れないことも考えられます」

「蔦屋さん、北尾様は尚武館の稽古風景を錦絵になさろうと考えておられるのですか」

「おこんさん、錦絵は、男が題材になるのはまず珍しゅうございます。なったところで売れはしませんよ」

　蔦重が言い切った。

「となると、女子衆ですか」

　おこんの問いには警戒があった。

「おこんさん、素描ですが、見せてもらいました。その上で私も注文を付けました。『小梅村夏景色女五態』と名付けられた錦絵の下描きでございました」

「小梅村の女子衆とはだれでございますか。まさかお杏さんではございますまいね。箱崎屋さんからお預かりしている大事な娘御です、お杏さんにも箱崎屋さんにも断りなく、さようなことは許されません」

「おこんさん、怒っちゃいけませんよ。お杏さんも錦絵となる女子衆のうちの一人です」

「と、申されますと」

「おこんさんも」

「えっ、錦絵に子連れの女房ですか」

「霧子さんという女門弟に早苗さんという奉公人。五人目は最後まで秘密にしておきましょうかな。ともかく尚武館の夏の一日を女模様五態で描写したいそうな」

おこんが困惑の体《てい》で磐音を見た。

「坂崎様、おこんさん、この錦絵は最前も言いましたが、大化けするか大こけするかどちらかです。格別婀娜っぽい形《なり》や色気で女を描こうとしているのではございません。おこんさんをはじめ、坂崎磐音という江都一の剣術家を支えている女子衆のふだんの暮らしの一齣《ひとこま》を描こうというのでございますよ。絵師北尾重政が新境地を開く錦絵かもしれませんし、反対にこの試み、世間に黙殺されるかもしれません。版元の私の勘は、悪くない試みだと告げているのでございますがね」

と蔦重が磬音とおこんを見た。

「どうしたものでしょう、おまえ様」

「はて、それがしには判断がつかぬ。そなたらの考え次第であろう」

「と言われても、判断しようがございません」

二人の会話に蔦重が頷いて、言い添えた。

「北尾重政に最後まで絵を描かせてくれませんか。そして、絵が完成した暁に、五人の女子衆が最後の判断をなされませぬか」

「蔦屋どの、その時点で刷りを止めてもようござるか」

「私がその場に立ち会います。その上でおこんさん方が気に入らなければ、『小梅村夏景色女五態』は反故にいたしましょう」

と言い切った。

「どうじゃな、おこん」

しばし考えたおこんが、

「霧子さんの返事は貰えませんが、お杏さんと早苗さんにはただ今尋ねてみます」

そう言い残して立ち上がると、

「お二人は道場の掃除やらを手伝うておられましたよ」

と蔦重が言った。

道場では昼稽古が終わったあとに掃除をした。そして、稽古着などを洗濯した。その手伝いを二人がしているというのだ。

おこんが尚武館の庭に竹林から回り込むと、武左衛門の声が響いていた。そして、弥助の長屋を見ると、ひっそりとしていた。

お杏と早苗は辰平らの手伝いをして稽古着を干していた。刻限が刻限ゆえ夜干しとなることもあったが、この時節だ、朝までには乾いた。

「北尾様はいないの」

「季助さんとともに、渡し場まで白山の散歩に出かけました」

辰之助が答えた。

「お杏さん、早苗さん」

おこんは二人を道場の縁側に呼んだ。

「二人に相談があるの」

と言うと武左衛門が、

「二人がなんぞしでかしたか。それとも給金の値上げか。ならばこの父親の武左衛門が聞こう」

と言い出した。

「おこん様、われら、座を外したほうがようございますか」

辰平が気を利かした。

「いいえ、皆さんにも聞いてほしいの」

ちらりと弥助の長屋を見たおこんが、蔦屋重三郎のもたらした話を一同に告げた。

「なにっ、あの絵師の餌食に早苗がなるてか。おこんさん、なにがしか金になる話であろうな」

「父上、口を挟まないでください」

早苗が険しい口調で注意し、武左衛門が首を竦めた。

「どうです、お杏さん」

お杏は辰平を見た。

「北尾重政という絵師どのは、われらが考える以上に優れた腕の持ち主です。北尾様から声をかけられるなど光栄ともいえます。ですが、すべてはお杏さんがお決めになることです」

お杏は迷っていた。それを察したおこんが、

「早苗さんはどうかしら」

早苗の考えを質した。早苗は十九歳になっていたが、見た目は二つほど幼かった。娘時代の多感な悩みを残しつつ、女へなる前の輝く若さがあった。蛹《さなぎ》が蝶になる前の秘めた美に重政は目をつけたのか。

「おこん様はどうなさるおつもりですか」

早苗の問いにお杏もおこんを見た。

くすくす
とおこんが笑った。

「その昔、北尾重政さんの願いをはねつけたこんですけどね、正直言ってちょっぴり後悔してないこともないわ。この歳になって、お杏さんや霧子さんや早苗さんに伍《ご》して大年増の役目が果たせるのなら、その絵を見てみたい気もします」

お杏が辰平を見て、

「宜しいですね」

と許しを乞うた。

「お杏さんがお決めになることと申しましたぞ」

辰平の返事に、お杏がお任せしますというふうにおこんに頷いた。

「早苗、断るでないぞ。あの北尾重政とやら、世間では大変な絵師というではないか。そなたの嫁入りの折りの道具の一つになるやもしれぬぞ」

「父上、北尾様がなにをお描きになるか知りませんが、洗濯をしているところなど嫁入り道具になるわけがありません」

そんな早苗を田丸輝信がそっと見ていた。

「なにっ、洗濯女の形《なり》を描くというか。あやつにこの武左衛門が掛け合うてな、そうじゃ、花嫁姿などどうじゃな」

「父上、よしてください」

と早苗が厳命した。

「おこん様」

利次郎が言い出した。

「霧子はどうすればようございましょう」

「亭主どのが山形に文を認めると言うておられました。その折りに、この旨問うてはどうでしょう」

「それはよいのですが」

利次郎が案ずるように呟いた。

「利次郎はどうなのだ」

「どうなのだとは、どういうことか」

辰平の問いに利次郎が反問した。

「決まっておるではないか。霧子が描かれることだ」

「うう−ん、それがしの考えより、あやつ、いささか考えが変わっておるでな、断るのではないかとも思うのだ」

「その心配は無用じゃぞ。坂崎家の女主のおこん様が応諾なされるのだ、霧子が断るものか」

おこんは、皆の反応を蔦屋重三郎に伝えた。

「よし」

と蔦重が張り切り、

「この一件を北尾先生に伝えて店に戻ります」

「絵はいつ見られるのですか」

「おこんさん、これぱかりは版元の私でも分かりません。北尾重政の頭に天から啓示が下りてきたときが勝負です。肝心なのは、それがいつかということです」

おこんが蔦重を母屋の玄関へと送っていった。すると玄関先で、

「おこんさん、明日にも北尾先生の食い扶持は届けさせます。この数年、北尾重政があれほど張り切って下絵の説明をしたことなど覚えがございません。きっと皆さんの得心のいく絵に仕上がります」

と言い残して、待たせていた駕籠に乗り込んだ。


おこんが台所に行くと、夕餉の仕度が始まっていた。

「大変なことになったわ」

おこんがお杏らに話しかけた。

「私、楽しみです。自分が他人様の目にどう映るのか、関心があります」

父親の武左衛門がいないせいか、早苗が正直な気持ちを吐露した。

「私、ちょっと怖い」

とお杏が言った。

「大丈夫、私のような大年増から早苗さんまで、歳の差がありすぎるわ。お杏さんは間違いなく五人の女の中心になられましょう」

「えっ、それは違います。『小梅村夏景色女五態』は、間違いなくおこん様が大看板です」

「お杏さん、私たちは守《も》り立《た》て役ですか」

「そういうことよ、早苗さん」

なんだか妙な夏の夕暮れが訪れようとしていた。

三

出羽国山形藩秋元家の城下に、堂々たる構えの二階屋があった。黒漆喰《くろしっくい》の土蔵造りで間口二十六間、かつて軒下に金文字で書かれた、

「紅花問屋前田屋」

の看板が掲げられていた。だが、その看板も今は取り払われてなくなっていた。

前田屋は、主の内蔵助が馬に蹴られ、半身不随の身で寝込んだ。ために内儀の奈緒が幼い三人の子を育てながら内蔵助の介護に明け暮れた。そして、二年余りの闘病のあと、天明三年十二月に亡くなり、急速に家運が傾いた。

この二年余り、主夫婦が店に目配りできなかったことをよいことに、前田屋の

行く末に見切りをつけたか、番頭たちが店の蔵にあった金子や証文を持ち出す暴挙に出た。その上、紅蔵にあった紅餅を勝手に売り払い、紅花商いにとって最後の頼みともいえる紅花文書《もんじょ》さえ持ち出していた。

この紅花文書は、山形藩の藩主最上義光《もがみよしあき》時代から紅花栽培の農家、紅花商人、京の紅花問屋が密かに契《ちぎ》る書き付けで、紅花商いに携わる者にとってはこれ以上ないほど大事な文書であった。

歴代の山形藩主にとって紅花の独占は喉から手が出るほどにほしいものだった。ために幾たびも藩の専売を企てたが、この紅花文書によって阻止されてきた。

山形城下にひっそりと建つ大きな家は、没落しかけた前田屋を一代で再興した内蔵助の激動に充《み》ちた生涯を表すかのように寂《さび》れた姿を晒《さら》していた。

小梅村を発った霧子は、己の限界に挑戦するかのように日光道中から奥州道中をひた走り、五日目の夜明け前には出羽国山形藩六万石の秋元但馬守永朝《たじまのかみつねとも》が藩主の城下に到着していた。

夜明けを待って両替屋雄物屋を訪ねた。そして、今津屋の老分由蔵の書状を差し出した。霧子は小梅村を出る折り、二通の書状を磐音に託されていた。その一通目が両替商雄物屋に宛てたものだった。

雄物屋の番頭兼蔵が由蔵の書状を読み終え、汗みどろながら整った顔立ちの霧子を眺めて、

「娘さん、江戸から山形まで百里余り、何日費やされた」

「丸五日にございます」

「弥助さんも東海道関宿から早飛脚よりも早く駆けてこられたが、おまえさんもなんという途方もない脚の持ち主か」

「弥助様はすでに山形に到着しておられるのですね」

「おられます」

と答えた番頭が、

「まずな、うちの湯殿で水を浴びてきなされ。替え着を用意させますでな、それに着替えなされ。その間に弥助さんをお呼びします」

書状が霧子の身許を保証してくれたようだ。

湯殿で汗を流し、霧子がさっぱりとした顔を見せると、すでに弥助が雄物屋の座敷に待っていた。

「霧子、江戸は変わりないか」

「ございません」

霧子は小梅村の近況を手早く報告した。その話を聞いた弥助が、

「磐音先生がそなたを山形に遣わされたか」

「いえ、私がお願いして先生が許されました」

「わっしの勝手をお許しになったか」

「はい。師匠が伊賀に参られたわけも察しておられます」

弥助は霧子の顔を見ていたが、

「そうか、察しておられたか」

「そのことを承知なのは先生と私の二人だけにございます」

霧子は磐音が認めた弥助宛ての書状と二十両の路銀を差し出した。

弥助は磐音からの分厚い書状の一通を熟読したあと、丁寧に畳むと、おこんが霧子に渡した金子を両手で伏し拝んだ。弥助宛ての書状にはもう二通の文が入っていた。だが、霧子はそれがだれに宛てたものか知らなかった。

「こちらの様子を伝える」

前置きした弥助は、未だ前田屋奈緒一家の行方が摑めていないこと、ただし山形藩から外に出た様子もないこと、どうやら、女衒の一八と奈緒一家が出会い、なんらかの事情で山形領内のどこかに隠れていることを霧子に告げた。

「師匠、なぜ奈緒様方が山形領内におられると推測なされましたので」

「まず、雄物屋方に磐音先生が送られた金子七十余両が預けられたままになっておることだ。奈緒様方にとって虎の子の路銀であろう。すぐにも手に入れたい金子じゃが、奈緒様方を追っているのはわれらだけではない」

「と申されますと、雄物屋の金子を奈緒様が手に入れた折り、それを奪う企《たくら》みでございますか」

「霧子、二十両、三十両の金子の話ではない。山形で紅花商いをするのに最も大切なのは紅花文書でな、これは山形藩も欲しいものだ」

「紅花文書？」

弥助が霧子に説明した。

「その書き付けを奈緒様が持っておられるのでございますか」

「いや、前田屋内蔵助様が亡くなられる以前に、与左衛門《よざえもん》なる番頭の一人が郡《こおり》奉行奥峰三五郎《おくみねさんごろう》様に差し出しておるのだ。だがな、前田屋様はそのことを知らずして亡くなられた。本来ならば、前田屋の跡継ぎは六歳の亀之助さん、そして、この嫡男を後見するのは母御の奈緒様だ。まっとうな紅花文書の継承者はこの二人の親子、幼い亀之助さんは別にして、奈緒様がたしかに譲り渡したという証がなければ紅花文書は藩のものにもだれのものにもならぬ。江戸から送られてきた金子が雄物屋に預けられておることも奥峰奉行は承知で、前田屋の番頭だった与左衛門を動かし、奈緒様方の行方を追って、紅花文書を藩のものとするべく策動しておるのよ」

安永七年（一七七八）夏、山形藩は、それまで守られてきた紅花の勝手栽培、勝手商いに対し、藩による専売制を強行しようとした。

その折り、紅花栽培に関わる百姓衆をはじめ、紅花商人が一丸となって藩の専売制に反対した。

健在だった前田屋内蔵助も奈緒も藩の専売制強行を阻むために百姓衆、商人衆とともに戦った経緯があった。

その後も山形藩は紅花の専売制を蒸し返し、幾たびとなくぎりぎりの攻防が行われ、『紅花文書』の精神を前田屋ら紅花商人や百姓衆は守り抜いてきた。

だが、前田屋内蔵助の突然の死が勝手栽培、勝手商いを約定する慣わしを大きく揺るがすことになる。前田屋内蔵助が怪我のために床に伏せった折り、騒ぎを利用して前田屋の番頭の与左衛門が『紅花文書』を店の蔵から盗み出し、郡奉行奥峰三五郎に差し出した。

長年の宿願、紅花の専売制を山形藩は強行しようというのか。

今回、『紅花文書』は前田屋の手の内から郡奉行の手に移っていた。安永七年の事態とは大きく異なって、藩は優位に立っていた。

「奈緒様の相手は山形藩にございますか」

「霧子、初めはそう思うてきた。だが、どうも山形藩の総意ではないようじゃ。どうやら郡奉行奥峰某は、紅花を藩の専売にするという名目で、前田屋の番頭だった与左衛門に前田屋の跡を継がせる約定をなしておるとみられる。前田屋と紅花農家、京の紅花商人を結ぶ紅花文書さえ押さえておれば、賂《まいない》はいくらでも懐に入ろう。山形藩の思惑とは別に、奥峰奉行の私欲が絡んでいると思われる」

と洩らした弥助に霧子が、

「師匠、いずれにせよ、奈緒様を見つけることが先決ということにございますか」

「うむ、そういうことよ」

と弥助が答え、

「霧子、われらの宿に案内しようか」

と言った。

弥助と会った日以来、霧子は前田屋の紅花蔵の中に潜んでいた。

弥助は、夜明け前より奈緒の行方を追って城下を歩き回り、夕暮れになると雄物屋方に密かに様子を覗きに行くのが日課だった。

雄物屋にもこの前田屋にも、与左衛門が雇った渡世人の監視の眼が光っていた。ために霧子は、無住となった前田屋の紅花蔵に寝起きして、この家を訪れる者を待ち受けていた。

霧子が山形入りして十日目の夕暮れ、前田屋の店に人の気配がした。

宵闇に紛れると、霧子は前田屋の床下に這《は》いずり込み、店へと接近していった。

声が聞こえてきた。

「奈緒がこの家に姿を見せた様子はないのだな」

「お奉行様、今のところその気配はございません。以前にも申しましたように、江戸から送られてきた金子を雄物屋に預けてございます。あの一家が山形を離れるとすれば、なくてはならない路銀でございますよ。雄物屋に必ず姿を見せます。もうしばらくのご辛抱を」

と答えたのは前田屋の番頭の一人だった与左衛門らしい。

「なにしろ奈緒め、吉原の遊女上がりながら、紅花造りの百姓どもに慕われておりましてな、奈緒と三人の子供が身を隠す場所に苦労していない様子なんでございますよ」

「ならば紅花造りの百姓を総ざらえせえ」

「お奉行様、前田屋と関わりがあった百姓はもう何遍も探りました。ですが、どこにも気配はない。となると、前田屋と関わりがなかった場所に潜んでおるに相違ございません。まあ、いずれにしても雄物屋に金子を受け取りに来たときが勝負にございますよ」

「殿は六月に出府なされる。その前に片をつけておきたい。与左衛門、そうのんびりもしておれぬぞ」

「必ずやここ数日内にけりをつけてごらんにいれます」

と答えた与左衛門に見送られて郡奉行の奥峰三五郎が姿を消した。

(どうしたものか)

霧子が床下で思案していたとき、

「番頭さんや、どうやら前田屋の内儀一家を探り当てましたぜ。子供の一人が熱を発してなかなか下がらないらしく、未だとあるところに潜んでいますのさ」

という声がした。

「でかしましたな、勘造《かんぞう》親分。となると、私は番頭ではございません。新しい前田屋の主です」

「前田屋の旦那、紅花造りの実吉《さねきち》って野郎が博奕《ばくち》好きだもんでよ、最初勝たせておいてあとですってんてんに身ぐるみ剝《は》いだ上に貸しを作ったのさ。その上で、体を少々痛めつけて脅したら、なんでもするから命だけは助けてくれと言いやがってね。前田屋の内儀の行方を承知なら、すべて棒引きにしてやると言ったら、ぺらぺら喋りやがった」

「で、どこに隠れておりました」

「吉原から来た女衒がね、奈緒の知り合いとかでよ、娘を売らずに済ませた紅花農家に預けてよ、子供の病が治り、監視の目が無くなるのを待ってやがるんだとよ。城下から四里ばかり西に外れた玉虫沼から流れ出る水辺に紅花畑があってね、その百姓家に潜んでやがるんだと」

「嘘ではありますまいな」

「旦那、今晩中に実吉を案内に立てて玉虫沼に向かい、明朝までには一家四人をこの家に連れてきますよ」

「よし、親分、差し当たっての飲み代ですよ」

与左衛門がなにがしか、勘造に与えた様子があった。

霧子は背後に気配を感じて、懐に隠し持った小さ刀の柄《つか》を摑んだ。

「霧子」

弥助の囁き声がした。どうやら弥助もこの場の会話を聞いていたらしく、事情を呑み込んだ様子があった。

「与左衛門の居場所は分かっている。勘造のあとをつけるぞ」

弥助が床下から這いずり下がり、霧子も続いた。


江戸の小梅村では、北尾重政が一心不乱に『尚武館夏景色女五態』と表題を変えた錦絵に絵筆を走らせていた。

重政が絵を描き出すと、周りの音も耳に入らず、昼か夜かの意識もなく、おこんら女子衆が届ける膳にも手を付けず、ただ水甕《みずがめ》の水を飲んでは絵の世界に戻っていった。

「そなた様の連れてこられた絵師どのは、これで三日もなにも食べてはおられません。眠りもせず、ただ水だけで絵を描いておられます」

「おこん、北尾重政どののやり方であろう。邪魔をせぬようわれらは普段の暮らしを続けるだけじゃ」

磐音がおこんに応じたものだ。

最上川《もがみがわ》に流れ込む細流の一つか、流れの縁にさほど大きくもない紅花畑はあった。

弥助と霧子の一丁ほど先に、勘造と仲間たちが長脇差や竹槍を手にして紅花畑を睨んでいた。中の一人は猟師鉄砲を携えていた。

夏の朝七つ（午前四時）から五つ（午前八時）までが紅花摘みの刻だ。この界隈では、紅花摘みとは言わず、

「花摘み」

と単に言った。

空が白み始め、紅花農家に人が起きた気配があった。

猟師鉄砲の男が火縄に火を点《つ》けた。

霧子が動いて猟師鉄砲の男に接近していった。霧子が猟師鉄砲の男の背後、十数間に迫ったとき、紅花農家の戸が開いて、姉《あね》さん被《かぶ》りの女が姿を見せた。

霧子は、奈緒だと直感した。

夏の朝まだき、その日、最初の光があたるまでの朝霧に濡れた紅花《はな》が微妙に色彩を変えていく光景が奈緒は大好きだった。

花芯部分だけがほんのりとした紅色で、鮮黄色の花が一面に広がる景色は、奈緒の心を捉えて離さなかった。

前田屋内蔵助と出会い、吉原の遊女から紅花大尽の内儀として出羽国に連れてこられたが、紅花の咲く景色を見たとき、

(ああ、ここに来てよかった)

と思った。そして、花摘みのあとの花洗い、花踏《ふ》み、花蒸《む》し、花搗《つ》き、花餅《はなもち》つくりの仕事のどれもが好きだった。

出羽に来て八年余り、鮮黄色が広がる一面の紅花畑は、どんなに苦しいことも忘れさせ、奈緒の心を癒《いや》してくれた。

奈緒の腹の前には花弁だけを摘んで入れる竹籠《たけかご》が下がっていた。紅花は茎の先端、つまり末から咲き始めたものを摘み取るところから、

「末摘花《すえつむはな》」

と呼ばれた。

（さあ、仕事よ）

奈緒は自らに気合いを入れた。

その瞬間、異変を感じた。

視線を上げると、男たちが長脇差や竹槍を構えて紅花畑を踏み潰して押し寄せてきた。

（ついに見つかった）

奈緒が眼を瞑ろうとしたとき、男たちとは別の男女が姿を見せ、風のように紅花畑を走り抜けると、若い女が猟師鉄砲を構えた男に向かって手からなにかを投げつけたのが見えた。

猟師鉄砲の男の首にそれが当たり、悲鳴を上げて前のめりに崩れていった。

猟師鉄砲の男は紅花畑に倒れて見えなくなった。

（だれなのか）

奈緒が思ったとき、娘もまた紅花に溶け込むように消えていた。

「見つけたぜ、前田屋の奈緒。逃げようったってそうはさせねえぞ！」

勘造が叫んだ。

奈緒と勘造一味との距離は十間を切っていた。

奈緒は、覚悟を決めた。

子供を一八に任せて私が捕まればいい、と。

そのとき、勘造の手下が前のめりに倒れ込んだ。

「どうした、半太郎《はんたろう》」

勘造が立ち竦み、手下を見た。その間にもほかの二人が次々に悲鳴を上げながら紅花畑に倒れていった。

「な、なにがいやがる」

手下どもの向こう脛《ずね》を殴り付けた鍬《くわ》の柄を握った弥助が、飄然《ひょうぜん》と紅花畑から立ち上がった。

「てめえは」

「許さぬ」

「相手は一人だ、殺《や》っちまえ」

勘造が残りの手下を鼓舞した。

霧子が猟師鉄砲を両手に構えて立ち上がり、勘造の太腿《ふともも》に向けていきなり、引き金を引いた。

ズドーン
と音が響いて、弾が勘造の太腿をかすめ、紅花畑に尻餅《しりもち》をつかせた。

「あ、い、痛てえ」

勘造の手下は、突然現れた二人の男女の早業《はやわざ》に茫然自失していた。

霧子の鉄砲の筒先が巡らされ、

「こんどは足なんかじゃ済まないよ」

弾の入ってない銃口を勘造の顔に向けた。

わああっ！

空砲にも拘《かかわ》らず絶叫しながら勘造が後ろ下がりに紅花畑を逃げ出し、子分たちも続いた。

「前田屋の奈緒様にございますね」

弥助が確かめた。

様子を見ていたか、女衒の一八が背後の百姓家から飛び出してきた。

「一八さんかい、ご苦労だったね」

「だれだえ、おまえさん方は」

女衒の一八が尋ねた。

「一八さん、吉原に関わりの方々ではないのですか」

「いえ、わっしらは、坂崎磐音様の配下の者にございます。もはや心配は要りませぬ。奈緒様方を江戸まで必ず無事にお届けします」

弥助と名乗った男が請け合った。

奈緒は思いもよらぬ名に、

(磐音様)

と胸の中で呟いていた。

四

尚武館の夕稽古が終わり、掃除がなった刻限、蔦屋重三郎が小梅村に姿を見せた。磐音一家のほか季助、早苗ら奉公人が姿を見せ、住み込み門弟衆が何事かという顔で尚武館の庭に集まってきた。

すると弥助の長屋の戸が引かれ、痩せ細った北尾重政が両手に重ねられた画紙を捧げ持って姿を見せた。無精髭《ぶしょうひげ》が伸びて白髪が混じっているのが見えた。疲労《ひろう》困憊《こんぱい》していることはだれの目にも映ったが、疲れた顔が神々しく輝いているのも確かだった。

「辰平、居候絵師どのが錦絵を描き終えたらしい」

「蔦屋の旦那はそのために呼ばれたようだな」

重政が昼となく夜となく没入して仕上げた新作『尚武館夏景色女五態』が完成したらしいと利次郎らも悟った。そういえば、今朝方重政が、日本橋通油町の蔦屋重三郎方に季助を使いに出したのを辰平は見ていた。あれは、

「錦絵が完成した、拝見に来られたし」

という口上ではなかったか。

北尾重政は季助を使いに出したあと、おこんに茶碗酒を乞い、二杯ほど、くいっ、と飲み干すと高鼾《たかいびき》で眠りに就いた。

そして夕暮れ前、蔦屋重三郎が姿を見せたというわけだ。

いつもとは違う様子に白山もそわそわした様子を見せていた。

北尾重政はよろよろとした足取りで尚武館道場に上がり、辰平らが丁寧に雑巾がけをした道場を改めて見回した。

「この板壁でよいか」

北尾重政が呟いて目をやったのは、母屋側に面した板壁であった。

高い場所に格子窓があって風が抜けるようになっていた。だが羽目板は、門弟たちが稽古中に激しい勢いでぶつかっても壊れないよう五分の厚さの杉板が張られていた。

重政はそれに眼をつけたらしい。まず両手に抱えた絵と思しき画紙を床に置くと、さらに懐から金槌《かなづち》と細い釘を出した。

磐音らは黙って北尾重政の動きを見ながら、壁に向かって思い思いに座した。

磐音の隣には空也が、その隣には睦月を引き寄せたおこんが正座した。さらにお杏や早苗たちが腰を下ろした。

辰平らはなにか手伝うことはないかという顔で重政のかたわらに立っていた。

北尾重政が、

「ご一統、長いことお待たせしました。北尾重政、久しぶりに得心のいく仕事をさせてもろうた」

と爽やかな口調で言い切ると、蔦重の顔を見た。

「北尾先生、『小梅村夏景色』が仕上がったのですな」

「名を変えた。『尚武館夏景色女五態』とな。直心影流尚武館坂崎道場を支える女衆の日常の一齣《ひとこま》を描いたゆえ、小梅村という漠たる土地の名よりも、尚武館と頭に冠したほうがよかろうと思い直した。また尚武館の名は江戸じゅうに轟《とどろ》いておるでな」

「ほう、『尚武館夏景色女五態』ですか。武骨な剣道場と女五態ね。錦絵らしくない名ですね」

蔦屋重三郎が呟き、

「拝見させてください」

と願った。

辰平らもこの場は絵師と地本問屋の主に任せたほうがよいと悟り、後ろに下がって床に腰を落ち着けた。

「おーい、本日はえらく神妙ではないか。まさか居候絵師が野垂れ死にしたのではあるまいな」

という大声が響き、早苗が、

「父上、お黙りください」

と庭の武左衛門を見た。すると武左衛門が両手に大きな西瓜《すいか》をぶら下げて立っていた。

「早苗、尚武館の門弟どもに西瓜を食わせてやろうと運んできたのに、その言い草はなんじゃ」

「父上、ともかくしばらく静かにしてください」

早苗の言葉にぶつぶつと文句を言いながらも武左衛門は道場の縁側に西瓜を置き、冷や飯草履を脱ぎ捨てると、

「ふーん、居候絵師、生きておるではないか」

と小声で洩らした。が、その場の雰囲気に圧倒されたか、武左衛門も大人しくなった。

錦絵の扱いに慣れた蔦屋重三郎が重政を手伝うことになった。

北尾重政が完成させた錦絵には一枚ずつ台紙が裏打ちされ、絵の表には薄紙がかけられてあった。ゆえにだれの目にも五枚組の絵は見えなかった。

一枚目を道場の板壁に宛てがい、蔦重が口に細釘を何本も咥えて、

「ここいら辺りですか」

と尋ね、

「まず一枚目はそこでよかろう」

絵師北尾重政の返事に、絵より大きめの台紙の上部に釘を打ち、道場の板壁に留めた。

「これでどうです」

道場の床に胡坐《あぐら》をかいた北尾重政が、

「もうそっと左肩を上げてくれぬか」

と願った。さらに四枚が間隔をおいて板壁に張られ、

「三枚目と四枚目の間を狭めてくれ」

などと蔦重に注文をつけ、五枚組の間隔を指示して位置を変えさせた。もう一枚絵が北尾重政の手元に残っていた。だが六枚目は壁に張る気はないらしい。

「これでよしと」

重政が言い、薄紙に覆われた白い錦絵五枚が尚武館の壁に飾られた。

だれもが無言で白い画面に向き合っていた。

「ふうっ」

大きく吐息をついた北尾重政が胡坐の足をほどくと、前かがみになりながら、両手を床に添えてよろめき立った。

身を削って描いてきた絵師北尾重政の仕事ぶりをだれもが承知していた。

武左衛門でさえ、北尾重政の痩せ細った体を見れば、渾身の力作だということが理解できた。

北尾重政が今一度白い画紙を見て、見物の磐音らに向き直った。

「絵師にとってなにより怖い刹那《せつな》よ。初めて己とは違った眼に晒されるのじゃからな。ましてこれらの五枚組は、坂崎磐音どののらと関わりのある女子衆を描いたものばかり。選ばれた女子衆の本性が描かれているかどうか、外見だけで絵を見ないでもらいたい。ともあれこれから北尾重政の考えと力量が試される。文句のある女子衆は、この重政に正直に言うてくれ。これは私ではございませんとな」

おこんらが首肯した。

「ご披露しよう」

重政が左端の一枚目の薄紙に手をかけ、剝《は》いだ。

あっ！

と武左衛門が驚きの声を上げた。

「朝顔井戸端水汲之図《あさがおいどばたみずくみのず》」

と題された錦絵には、夏衣を着た早苗が釣瓶《つるべ》を手に朝いちばんの水を汲む光景が描かれてあった。

朝靄《あさもや》がうっすらと漂い、東の空から今にも陽が昇りそうな空の気配を背景に、早苗が一日の始まりを水汲みから始めようとしていた。そして、早苗の背後には、薄紫の朝顔が散らばって描かれていた。

「母上、早苗さんです」

空也が洩らした。早苗は尚武館の奉公人だが、武士の娘の矜持《きょうじ》を、井戸水を汲む無心の動きに残していた。そして、若さが醸し出す清潔な艶《つや》が見る人の眼に留まった。

「これがわが娘か。厳しい顔をして水を汲んでおるな」

と武左衛門が洩らした。

「どう、早苗さん。あなたの感想は」

おこんの問いに早苗は未だ言葉が浮かばないらしく、ただ見ていた。

「どうなのだ、早苗」

父親が問いを重ねた。

「この姿が私にございますか」

「不満か、ならば絵師に申せ」

「父上、考え違いをなされますな。私の心の諸々の迷いや悩みを表情に汲み取って、北尾様は描いてくださいました」

ふうっ

と北尾重政が安堵の声を洩らし、二枚目を披露した。

道場で独り稽古に励む霧子の姿が活写されていた。周りにはだれとも分からぬように男の門弟衆が何人も描き込まれ、霧子が歩んできた険しいほどの孤独な生き方を浮き彫りにする役目を果たしていた。錦絵全体が緊迫の、それでいて、もやっとしたなにかに包まれていた。

絵の題は、

「雑賀《さいか》霧子《きりこ》独稽古之図《ひとりげいこのず》」

とあった。

「絵師とは空恐ろしいものじゃな。霧子の出自をこの絵が訴えておるようだ」

利次郎が呻き、訊いた。

「おこん様、霧子はこの絵が気に入りましょうか」

「大丈夫ですよ、利次郎さん。霧子さんの宝物になるわ」

「私、怖くなってきました」

とお杏が洩らした。

「私たち、北尾重政という絵師に心の中まで丸裸にされているようね。次はどなたでしょう、北尾さんに料理される女子衆は」

おこんの言葉に三枚目の薄紙が剝がされた。

盥《たらい》で湯浴《ゆあ》みする睦月を眺めるおこんの立ち姿だった。木綿の肌着を着た睦月は、手に芒《すすき》のみみずくを持ち、盥に下半身をつけて、なんとも気持ちよさそうな顔をしていた。邪気のない幼女の湯浴みを見る母親の顔には微笑みが湛《たた》えられていた。おこんの五体にはこれまでの激動の人生を乗り切ってきた自信が溢れ、何事にも動じない覚悟が描かれていた。外題は、

「小《こ》梅村《うめむら》幼子《おさなご》湯浴《ゆあみ》之図《のず》」

とあった。

背景に江戸の町並みと遠景に富士山があり、親子の湯浴みを眺め下ろしていた。錦絵全体に昼下がりの光が溢れていた。

「おこんさん、どうだ」

いちばん難関じゃという緊張の顔の北尾重政がおこんに訊いた。

ふっふっふ、と笑ったおこんが言い放った。

「深川六間堀生まれのおこんさんを、ようも貫禄たっぷりに描いてくれたものね」

「いえ、これは母上がよう見せられる顔です」

空也が言い切った。

「致し方ないわね、空也と睦月がいるんですもの。大年増のこんを一枚に加えていただき、お礼を申します、北尾重政様」

「くわばらくわばら」

両手で頭を抱えた北尾重政が四つ目の薄紙を剝いだ。それはこれまでの三枚の絵の世界とは全く異質なものだった。

絵の題は、

「女妖術家襲来之図《おんなようじゅつかしゅうらいのず》」

卜部ひなが、尚武館の梁の上から床に立つ磐音に向かって、銀煙管の先に装着された尖った刃物を擲《なげう》った模様が描かれ、そのひなの妖しげな顔が活写された上に、その背景には二匹の飛龍が絡み合うように描かれた打掛けが、炎を上げて坂崎磐音と思しき剣術家に襲いかかっていた。

明らかに尚武館の女たちとは違った妖しげな生き方を卜部ひなは見せ、そして、次の瞬間に起こったであろう死を予感させる雰囲気に満ち満ちていた。

絵は毒々しいほどの赤で描き切られて異彩を放っていた。

「卜部ひなも尚武館の女子衆の一人ですか」

「身内ばかりが尚武館を形作っておるわけではあるまい」

「いかにもさようです。となると最後はもはやお杏どのですな」

「最後になるかどうか」

謎の言葉を吐いた重政が五枚目を披露した。

「小梅村川端夕涼之図《こうめむらかわばたゆうすずみのず》」

お杏が若侍と尚武館の河岸道に寄り添って立ち、大川の花火を眺めている図であった。若侍は後ろ姿だが、お杏の顔は花火から若侍に向けられた瞬間で、細面《ほそおもて》の顔とうなじが白く浮かんでいた。手に団扇《うちわ》を持ったお杏の眼差しに幸せがほのかに見えた。

花火が織りなす多彩で艶《あで》やかな色調だった。

「北尾様、この背中を見せている侍はだれでございますか」

と辰平が珍しく切り口上で問い質した。

「どなたと思われる」

北尾が切り返した。

「そ、それは」

「辰平様」

お杏が声をかけた。

「私には一人のお方しか思い浮かびません」

「だ、だれですか」

そのとき、武左衛門の大声が響き渡った。

「なんじゃ、天下の尚武館は一皮むけば女子供が仕切っておるということか。紀伊の剣術指南役というても、坂崎磐音も形無《かたな》しじゃな」

「そういうことです、武左衛門どの」

あっさりと磐音が認め、蔦屋重三郎を見た。

しばし沈思した蔦重が、

「かように暮らしの一部を切り取った錦絵は、これまで見たことがございません。直心影流尚武館坂崎道場の夏の一日、おもしろうございます」

「蔦重、どうだ、売れるか」

北尾重政が訊いた。

「いつぞやこちらで申し上げましたが、この錦絵、北尾重政の新境地を開く斬新な題材の錦絵にございます。いつになく北尾先生の筆先に魂と力が籠っております。これが大化けするか大こけするか、さっぱり頭に浮かびませんな」

「なにかが足りぬと蔦重は言うておるのか」

「そういうことです」

北尾重政が最後まで手元に残した錦絵を手に、五枚組『尚武館夏景色女五態』の前に立つと見物の衆と向き合い、六枚目の薄紙を剝がした。

「おおっ!」

と門弟の間から驚きの声が上がった。

竹屋ノ渡し場に立つ磐音と、片目を古銭の寛永通宝で眼帯代わりにした天真正伝神道流土子順桂吉成だけが睨み合っている図であった。

その光景を、渡し場から離れていく乗合船の客が見ていた。そして、乗合船にある北尾重政もまた、刀を抜き合わず対決する二人の剣客の傍観者として描き込まれていた。きらきらと隅田川の流れが光っていた。

実際の対決の場面とは異なり、絵師北尾重政の「目」で見た構図だった。

画面全体にその緊迫が横溢《おういつ》し、漲《みなぎ》っていた。さらに二人の頭上の暗い空に巨影が描かれて、下界の無言の対決を凝視していた。

大きな影には顔の描写などない。実在の人物か、ただ魔界の者か判断はつかぬ。

だが、天明の世を支配する、

であろうことはだれしも容易に推測がつく。二人の剣術家の生き死にを黒い影が握っていた。天下を制していた。

「竹屋《たけや》ノ渡場対決之図《わたしばたいけつのず》」

と題された絵は、大いなる危険を孕《はら》んでいた。

「北尾先生、最前の五人の女五態の図にこの一枚を加えて売り出せと言われるか」

「蔦重、版元のそなたの考え次第」

「この六枚目を付けて売り出せば売れましょうな」

「その結果、商い停止《ちょうじ》か。手鎖《てぐさり》くらいでは済まぬかもしれぬ」

「だが、田沼意知様の横死以来、田沼様の力に陰りが見えるのもたしか。さて、どうしたものか」

蔦重が磐音を見た。

「この期《ご》に及んでわれらが口出しすることはなにもござらぬ。ただし」

と言って磐音が口を閉ざした。

「この錦絵が売れるとは、それがしにはどうしても思えませぬ」

「田沼意次」

蔦重の笑い声が響き、

「北尾先生、よし、この『尚武館夏景色六態』、この夏の目玉として蔦屋重三郎が売り出しますよ」

と言い切った。

天明四年六月初め、山形藩秋元永朝が参勤上番《じょうばん》のため、笹谷街道から奥州道中へ向かうために笹谷峠に差しかかっていた。

六万石の格式を整えた行列は、城下に帰る家臣団と江戸に向かう行列に分かれた。

笹谷峠から下り始めた行列に、菅笠で顔を隠した女二人と三人の子供が加わり、その五人に二人の供が従って二頭の馬の口取りを務めていた。三人の子供には馬が二頭与えられ、一頭にお紅が、もう一頭に亀太郎と鶴次郎の兄弟が乗せられていた。

大名行列はできるだけ路銀を節約するために一日十里を目標に進んだ。ゆえに子供の足ではついていけなかった。むろん菅笠で顔を隠した女は前田屋の奈緒と霧子だ。そして、馬の口取り役は松浦弥助と女衒の一八で、奈緒も疲れたらお紅の馬に乗ることになっていた。一八はさすがに商売を隠していた。いくらなんでも城下で娘を買い集めた女衒が大名行列に加わることに憚《はばか》りがあったからだ。

「弥助さんよ、わっしは、出羽に何遍も娘を買いに来たことがあるがよ、まさか秋元の殿様の参勤交代の馬方を務めて笹谷峠を越えるとは思わなかったぜ」

これまでも何度も口にした言葉を吐いた。

「一八さん、そりゃ内緒の話だ。口にしちゃならねえよ」

と応じた弥助が、

「人間長く生きていりゃ、いろんなことがあるものさ」

「そうだな。奈緒様だって西国の生まれながら出羽に嫁いで、こたびは江戸に戻られる。それにしても六万石の大名行列の馬方だぜ、わっしらはよ」

「幾たび同じことを言いなさる。いちばん得をしたのはお駕籠の殿様かもしれないぜ。紅花文書を奈緒様から譲られて、これから藩の大きな財源になることはたしかだ」

紅花商人首座前田屋内蔵助の死は、紅花勝手栽培、勝手商いの慣わしと、京の紅花問屋とを契る紅花文書を守るべき紅花組合の弱体化を露呈させた。

山形の紅花事業を主導してきた前田屋内蔵助に代わり、山形藩の専売制強行に断固抵抗しようという紅花商人がいなかったからだ。だからといって六歳の亀之助に亡父が持っていた統率力を求めるのは無理というものだ。

奈緒は諸々を考えた末に長年の慣わしを破った。

紅花商人と紅花百姓の既得権を藩に認めさせることを条件に、山形と京を契る『紅花文書』を藩に譲ることを決意したのだ。そして、運上金についても藩と栽培農家、紅花問屋が然るべき時期にその都度話し合いを持つことで合意した。

「郡奉行奥峰某は詰め腹を切らされ、そいつを利用しようとした前田屋の番頭だった与左衛門も牢《ろう》の中だ。こんな芸当ができるのはだれだえ」

「今津屋の大番頭さんかな」

二人の話を黙って聞きながら、お紅が乗った馬のかたわらを歩いていた奈緒が、

「お二人様、あのお方をおいてほかにおられぬのではございませぬか」

と応じた。

「そうでしたね。あのお方しかおられませんね」

弥助の言葉に静かに奈緒が頷いた。

江戸の日本橋通油町から売り出された北尾重政の錦絵『尚武館夏景色六態』は、

磐音の予測を裏切って飛ぶように売れ始めた。なんと六枚組が一両二分にも拘《かかわ》らずだ。

「おこん、世の中には不思議なことが起こるものよ」

夕暮れの庭で空也に剣術の稽古をつけながら、磐音がぽつんと言った。その言葉に頷いたおこんが、

「奈緒様方の一行は利根川を越えられたでしょうか」

と問い返した。

静かな晩夏の黄昏《たそがれ》の刻であった。

巻末付録

江戸よもやま話

剣術修行――歓迎・武芸者様

文春文庫・磐音編集班　編

「人の命を絶つことではのうて、活かす道を考えよ」――。師・玲圓の言葉が、いま楔《くさび》となって磐音を悩まします。息子を喪った哀しみと怒りに苦しむ田沼意次に刃を振るうなどできるものか、と。そして、この宿命の仇敵との対面。ともに葛藤を抱えた両雄。磐音は、刀を抜くことなく、静かに語りかけるのでした。

さて、江都一との呼び声が高い尚武館道場には、ひっきりなしに客人が訪れます。読者諸賢はご存知のとおり、道場に「頼もう！」と立ち合いを求めて来る武芸者は、たいてい招かれざる客。こちらの都合などお構いなしで訪れて、相手によっては、道場の看板を守るために生死を賭けた戦いとなる。ところが、実際は、道場に悲壮感はなく、むしろ稽古《けいこ》を楽しみ、訪れた武芸者を歓迎していたとしたら？

今回は、剣術道場にやって来る「客人」の正体を突き止めましょう。

早速ですが、剣術修行で諸国を巡ったある武芸者をご紹介しましょう。名を牟田文之《むたぶんの》助高惇《すけたかあつ》。佐賀藩士で、「鉄人流《てつじんりゅう》」という二刀流の免許皆伝を授けられ、嘉永《かえい》六年（一八五三）九月、二十四歳のときに藩に許しを得て武者修行へと旅立ちます。佐賀を出発し、久留米《くるめ》、宇佐《うさ》、中津など北部九州を巡り、萩《はぎ》から山陽道を進み、大坂、京都を経て、東海道を東へ。各地の道場で稽古をこなしながら、江戸に到着したのが十二月。しばらく佐賀藩上屋敷に滞在したのち、翌年四月から八月まで、佐倉《さくら》、水戸《みと》、仙台、石巻《いしのまき》、秋田、庄内《しょうない》、越後村上、新潟、会津《あいづ》、宇都宮と、北関東と東北を縦断し、再び江戸に戻ります。安政《あんせい》二年（一八五五）四月、江戸を発ち、中山道《なかせんどう》から名古屋、大坂を経て、船で四国に渡ったのち、九州に戻り、熊本、柳川《やながわ》、長崎を巡り、九月、佐賀に帰着しました。この二年間で稽古に訪れた道場の数は七十余（稽古を拒否されたり不在だった道場含まず）。この日に数十キロを歩いた上で、稽古を繰り返したのですから、まさに〝鉄人〟です。

文之助は筆まめな人で、修行中の日記（『諸国廻歴日録《しょこくかいれきにちろく》』）を残しました。これによって、稽古三昧の日々と、稽古相手や道場の感想を読み取ることができます。

たとえば、出発直後に訪れた加藤田《かとうだ》道場にて。この道場主は久留米藩の剣術師範でしたが、「格別目ニ立《たち》候人無《ひとなし》」、取り立てて言うほどの者はいない。同じく藩の師範が道場主の今井《いまい》道場での稽古では、やたら打ち合うだけで技量は低く、「只無法剣術ニ而可笑《てわらうべき》事《こと》ニ而候」、つまり笑止千万だ、江戸の直心影流長沼《ながぬま》道場で数年間修行したという門人も「甚勝負悪《あ》敷《しき》事ニ而候」、小手先の技ばかりでひどい、と厳しい評価。剣術師範がなんだ、江戸がどうしたと息巻いていますが、実際強かった文之助は終始、自信満々です。北辰一刀流《ほくしんいっとうりゅう》・千葉周作《ちばしゅうさく》の玄武館《げんぶかん》、神道無念流《しんどうむねんりゅう》・斎藤弥九郎《さいとうやくろう》の練兵館《れんぺいかん》、鏡新明智流《きょうしんめいちりゅう》・桃井春蔵《もものいしゅんぞう》の士《し》学館《がくかん》という、のちに「江戸の三大道場」と呼ばれる有名道場にも批評を加えています。世間では「技は千葉、力は斎藤、位は桃井」といずれも評判でしたが……剣豪・文之助が高く評価したのは、練兵館でした。渾身の力で繰り出される「一撃必殺」の剣で知られ、とくに弥九郎は、流派最強と謳《うた》われ恐れられました。文之助は、弥九郎の長男で後継者の新太郎《しんたろう》と立ち合い、「大ニ吉《よ》し、外《ほか》は数人無限事也」と、傑出した数人の門弟とともに賛辞を送ります。文之助は練兵館に入門し、ともに稽古を行います（神道無念流は習わず）。ちなみに、練兵館は、のちに高杉晋作《たかすぎしんさく》、桂小五郎《かつらこごろう》、伊藤博文《いとうひろぶみ》ら幕末の志士を輩出します。

次に、まずまずといった評価が、士学館。道場主の桃井には、体調がよくないと立ち合いを断られましたが、高弟の上田馬之助《うえだうまのすけ》らと立ち合い、「各勝利を得《え》大慶ニ及《および》候」「余程面白有之《おもしろくこれある》事也」、つまり、自分たちが勝っていたから面白かった、と余裕綽々《しゃくしゃく》のご様子。

玄武館には辛辣です。千葉周作の次男・栄次郎《えいじろう》が相手を受けるも、都合が悪い、体調が悪いと二度も断られます。「尤流石《さすが》之栄次郎行掛り尾逃かき候段腰貫極《こしぬけきわみ》」――逃げたのは明らか、腰抜けの極みだ！　と痛罵しています。実戦的な剣術の流派として、幕末、清河八郎《きよかわはちろう》、山南敬助《やまなみけいすけ》、山岡鉄舟《やまおかてっしゅう》、坂本龍馬《さかもとりょうま》ら錚々たる面々を輩出した大道場ですが、我らが文之助は怯む様子など微塵もありませんでした。

さて、ここまでで不思議に思われた方もいらっしゃるでしょう。結局、文之助は勝ったのか、負けたのか。なぜ明確に書かないのか。ほかにも、直心影流の道場主である島《しま》田《だ》孝蔵《こうぞう》との立ち合いでは、「小子八ノ利也」、自分が八割がた勝っていた、とアバウトですし、大野《おおの》応之助《おうのすけ》（京都所司代の与力《よりき》）が道場主の大野道場に、他流試合のために来ていた西尾《にしお》藩士たちとは、「皆以二八、九一ノ利得候也」、八、九割の勝利を得たと記すのみです。自分が勝ったと言い張っているだけのようにすら感じます。

これは実は、試合形式の稽古でなく、いまで言う「地稽古《じげいこ》」だったからです。地稽古とは、門弟たちがそれぞれ一列に向かい合って並び、「始め」の合図でお互いの竹刀で打ち合う稽古です。審判が判定を下すことはありませんから、技を決めたか決められたか、勝ったか負けたか、各々が判断します。（よし、面が決まった）、（しまった、一本取られた）と。ここで、文之助が行っていたのは、それに近い一対一の打ち込み稽古だったのです。この方式であれば、一日に数十人、多くの相手と立ち合うことができまし

図 1873年（明治６）、直心影流の榊原鍵吉《さかきばらけんきち》は相撲の興行に倣って撃剣興行を浅草で行った。試合の審判はいるが、防具を身に着けて竹刀で打ち合うのは江戸時代の地稽古も同じ。「撃剣会之図」（月岡芳年《つきおかよしとし》画、国立国会図書館蔵）。

た。長州《ちょうしゅう》藩の明倫館《めいりんかん》道場では、門人八十七、八人と立ち合っていますし、白河《しらかわ》藩の森元道場では、四十人の門人と立ち合った後、二刀流は珍しいのでもう一度手合わせをと懇願されて、昼飯をはさんで午後も再び彼らと稽古をしています。

真剣勝負のような緊迫感はなく、むしろスポーツでともに汗を流したような連帯感、清々しさを感じていたのではないでしょうか。稽古が終われば、道場の門人たちが大挙して宿にやって来て、剣術談義に花が咲く、楽しい酒宴が開かれました。

滞在中には、地元の観光名所を案内してくれます。文之助は、松島（「日本一之名地」と称賛）、日光の東照宮《とうしょうぐう》や中禅寺湖《ちゅうぜんじこ》、名古屋城の金の鯱《しゃちほこ》、京都の祇園祭《ぎおんまつり》に、讃岐《さぬき》の金毘羅宮《こんぴらぐう》と、感銘を受けた名所旧跡を日記に書き留めました。

江戸では、飛鳥山や上野で満開の桜を愛で、吉原の花魁道中《おいらんどうちゅう》の華麗さに「天人之如《の ごと》し」と見惚れています。食べ物にはあまり興味がなかった様子ですが、利根川の鯉（鯉の洗いか、鯉こくだったのかは不明）や福島の寒晒《かんざら》しにした餅などは、美味で満足した様子。道後《どうご》温泉、別府《べっぷ》温泉など、各地の名湯に武芸者たちと連れ立って出かけて疲れを癒しています。

さらに、文之助は稽古を通じて友人ができます。上田《うえだ》藩の藩士で、時中流《じちゅうりゅう》の遣い手である石川大五郎《いしかわだいごろう》とは、同じ二刀流ということもあって意気投合、奥州へ連れ立って修行旅に出ました。文之助が佐賀に帰国する際にわざわざ中山道を通ったのも、国許に帰っていた石川に会うためでした。いざ上田を訪れると、石川は、何かの咎《とが》で閉門謹慎させられていたのですが、宿の主人や石川の同僚が二人の再会に密かに手を尽くします。酒を酌み交わし、語らった二人ですが、別れ際、「達者でな」「貴殿もな」と涙を流す様は、まさに〝剣友〟というべきか。

このときは、石川以外の藩士たちも、文之助を厚く歓待しています。出発の日、朝に宿で送別宴を開き、ようやく昼に出発しても、みなで見送りに同行、城下外れの小料理屋で再び宴会。これが夕方まで続き、泥酔して歩けなくなった文之助は、駕籠《かご》と人足でなんとか次の宿場に送り届けられました。たとえ滞在が数日であっても、こうした盛大な送別会が行く先々で行われました。

文之助の旅が、藩の公費が支給された武者修行であるからです。旅塵《りょじん》にまみれ流浪する武芸者と異なるのは、彼は江戸からの帰国までの約五か月（百五十日）で要する旅費として八両三分ほどを見積もりますが、日割りで四百文ほどを使える計算です（ただ、実際の支給額は五両少々で、大慌てで金策に走るのですが……）。これは当時の旅行者が持つ路銀とだいたい同じ額でした。また、文之助のような修行人のために、「修行人宿《しゆぎようにんやど》」という指定された旅籠屋《はたごや》があり、宿泊費や食事代は現地の藩が負担してくれて、節約ができます。おまけに宿の主人は稽古ができる道場に連絡して、稽古日まで決めてくれます。当日になると、門人が迎えに来てくれて道場に向かうだけ。「頼もう！」と押しかける必要はありません。もう至れり尽くせり。

剣術三昧、観光満喫。同好の士と汗を流し、和気あいあいと酒を酌み交わす。無二の友までできる。なんと充実した旅でしょう。やがて、剣術修行や学問留学で各地の志士が交流を深め、幕末に大きなうねりとなるのですが……それはまた別の機会に。

【参考文献】

牧秀彦『剣豪全史』（光文社新書、二〇〇三年）
永井義男『剣術修行の旅日記』（朝日選書、二〇一三年）

文春文庫

失《しつ》意《い》ノ方《かた》
居眠《いねむ》り磐音《いわね》（四十七）決定版《けつていばん》

定価はカバーに
表示してあります

2021年2月10日　第1刷

著　者　佐《さ》伯《えき》泰《やす》英《ひで》
発行者　花田朋子
発行所　株式会社　文藝春秋

東京都千代田区紀尾井町 3-23　〒102-8008
TEL　03・3265・1211㈹
文藝春秋ホームページ　http://www.bunshun.co.jp

落丁、乱丁本は、お手数ですが小社製作部宛お送り下さい。送料小社負担でお取替致します。

印刷製本・凸版印刷

Printed in Japan
ISBN978-4-16-791645-9